# N 번 째
# 장 례 식

주장훈 지음

그들이 떠난 자리에 남겨진 이야기들

FOREST
WHALE

# 차 례

## Prologue

## 1부 : 죽음을 직접 마주하다

## 2부 : 본인이 보낸 부고장

## 5부 : 돌아보니

# Epilogue

Prologue

· N번째 이별을 지나며

## · N번째 이별을 지나며

언젠가,
죽음을 생각하며 깊은 사유에 잠긴 적이 있다.
모든 것이 끝나고 다시는 돌아오지 않는 순간을.

그 순간을 떠올릴 때 나는,
스스로에게 지금 이 시간을
어떤 마음으로 채워야 하는지를 묻는다.
그 물음은,
죽음이 얼마나 조용하고 갑작스러운지를
깨닫는 데서 비롯되었다.

죽음은 언제나 예고 없이 찾아온다.
우리가 원하든 원하지 않든,
흐르던 시간은, 어느 순간 불쑥 멈춰버린다.

멈춘 시간의 빈자리는
남겨진 이들의 삶 속에,

서서히 스며드는 공허함을 남긴다.
우리는 그 속에서,
붙잡을 수 없는 이별과 마주하게 된다.

죽음은 사람에게만 다가오는 일이 아니다.
우리가 사랑하는 모든 존재 또한,
언젠가는 그 앞에 서게 된다.

언제나 곁에 있을 것 같았던 생명이 사라지는 일.
그 부재는 감당하기 어려운 슬픔과 함께,
남겨진 이들의 마음에,
오래도록 지워지지 않는 흔적을 남긴다.

내가 지나온 시간엔,
유난히 많은 장례식이 있었다.

그중 몇몇은 너무도 이르고,
몇몇은 준비되지 않은 채 맞이한 이별이었다.
경험이 쌓일수록 절차는 익숙해졌지만,
감정은 매번 다른 결을 따라 흔들렸다.

이별은 늘 낯선 얼굴로 다가왔고,
그로 인해 '준비된 이별'이란
존재하지 않는다는 사실이 더욱 선명해졌다.

나는 그 많은 이별들을
'N번째 장례식'이라 부르기로 했다.
'N'은 아직 다다르지 않은 수.
그 수는 셀 수 없을 만큼 많고,
앞으로 마주할 이별의 수는 끝이 없을 것이다.

그래서 우리는,
그 시간이 오기 전까지 사랑하고, 남기며,
조금이라도 더 의미 있는 무언가를 만들어가려
애쓰는지도 모르겠다.

언젠가 사라질 것을 알기에,
곁에 있는 사람들의 말 한마디,
작은 행동이 더욱 소중해진다.

죽음은,

삶의 가장 깊은 곳을 건드리는 질문이다.

우리의 하루를 낯설게 만들고,

평범한 일상 속에 숨어 있던 의미를 다시 보게 한다.


그 질문은,

어떤 날은 고요하게,

어떤 날은 잔인할 만큼 솔직하게 다가온다.

피하고 싶지만,

결국은 마주하지 않을 수 없다.


그 마주침은,

남겨진 이들이 저마다의 방식으로

슬픔을 견디며 시간을 살아내는 과정을 통해

조용하지만 선명한 가르침이 된다.


오늘도 나는

그 가르침을 마음에 새기며

죽음이라는 감각에 조금씩 익숙해져간다.

더 깊이 사랑하고, 더 따뜻하게 나누고,
더 진지하게 하루를 살아가기 위해.

문득 떠오르는 얼굴들과 목소리는
지나간 시간에 대한 그리움이기도 하다.
그러나 그 아쉬움을 억지로 붙잡을 수는 없다.
죽음은 지나가야 할 하나의 길목이고,
남겨진 우리는 그 뒤를 이어 살아가야 한다.

그들이 남긴 기억이 우리의 마음속에 머물며,
앞으로의 발걸음을 밝히는 등불이 되기를.

언젠가 내가 떠날 날이 온다면,
내가 그랬던 것처럼,
누군가 나의 흔적을 따라,
이 길을 조금은 덜 외롭게 걸어가기를.
내가 남긴 것이,
그들의 마음에 조용한 쉼표처럼 머물기를.

차마 내뱉지 못했던 많은 감정이

이 글 속에 담겨,

당신의 마음에 오래 머물 수 있기를 바란다.

# 1부 : 죽음을 직접 마주하다

· 떠남을 배우는 시간
· 처음으로 경험한 이별
· 울지 않는 아이
· 첫 장례식, 그리고 약속
· 가장 강한 사람이 무너지는 순간

## · 떠남을 배우는 시간

언젠가부터 내 삶엔,
이별이라는 단어가 깊숙이 자리 잡기 시작했다.
가까운 사람들의 부고를 들을 때마다,
나는 또 한 번, 누군가의 마지막을 맞이해야 했다.
내 가족, 친구, 그리고 나를 키워준 손길들까지.

돌이켜보면,
나는 다른 이들보다 조금 더 일찍
이별을 배워야 했던 것 같다.
떠남을 배우는 시간은 늘 아팠지만,
그 아픔은 스스로를 일으켜 세우는 법을 알려주었다.

먼저 떠난 이들의 마지막을 바라보며,
나는 이별이 품은 무게를 조금 더 깊이 알아갔다.
삶이라는 흐름이 천천히,
그러나 분명히 끝을 향해 가고 있다는 것을.

아버지의 어깨는 어느 순간 작아졌고,
가족사진 속 할머니와 할아버지의 미소 뒤엔
자글자글한 주름과 희끗한 머리칼이 자리를 잡았다.


자전거를 타고 바람을 가르던 할아버지는
이제 서 있는 것도 힘겨워하시고,
엄마의 빈자리를 채워주던 할머니는
하루에도 몇 번씩 깊은 한숨을 내쉬기 시작했다.
그리고 나를 '강아지'라 부르던 증조할머니는
내게 처음으로 가족의 죽음을 가르쳐주셨다.


말년에 치매를 앓으셨던 증조할머니는
어제와 오늘의 경계가 없는 시간에 갇혔다.
가끔은 내 얼굴도 이름도 모르는 듯이 행동하며
같은 말을 반복하기도 했다.


"우짜든지… 건강하소."


가볍게 웃으며 넘겼던 그 한마디가,
그녀의 마지막 인사였다는 걸 알지 못했다.

죽음은 자연스러운 일이라지만,
꼭 그렇지도 않은 것 같다.
그 자연스러움은 때때로 잔인하게 느껴지기도 한다.

엄마가 계시지 않던 내게,
그분들은 하나의 세상이었다.
그 세상이 하나씩 무너질 때마다,
나는 울지 못하고
그 빈자리를 마음속 깊이 새겨야 했다.

그런데도 삶은 계속되었고,
나는 다시 누군가의 손을 잡고 웃었다.
그 웃음 속에는,
이미 떠나간 수많은 마음이 조용히 머물고 있었다.

앞으로도 나는,
많은 이들의 마지막을 배웅하게 될 것이다.

내가 사랑하는 사람들이
하나둘 저편으로 건너갈 것이고
언젠가는 나 역시
누군가의 부고 속 이름이 되겠지.

죽음을 부정할 수 없다면,
그 안에서 삶을 배워야 한다.
오늘도 나는,
그들이 남긴 질문에 대답하듯,
내 곁에 있는 이들의 손을 조금 더 세게 잡는다.

언젠가 이 모든 순간이
기억으로만 남게 되더라도,
그 기억 속의 우리는 웃고 있었으면 좋겠다.

함께였기에,
정말 다행이었다고.

## · 처음으로 경험한 이별

사람은 태어날 때부터,
언젠가 맞이할 죽음을 향해 한 걸음씩 나아간다.
하지만 우리는 그 사실을 좀처럼 실감하지 못한다.
어릴 때는 더더욱 그렇다.

그래서일까.
직접 그 순간을 맞닥뜨리게 되면
예상보다 훨씬 더 당황하고, 혼란스러워진다.
나도 그랬다.

'죽음'이라는 말은 나에게 너무도 멀고, 낯선 단어였다.
장례식장은 어른들만 가는 곳이라 믿었고
내겐 아직 그럴 일이 없다고 생각했다.

하지만,
가까운 누군가의 부고를 처음 마주했던 날,
나는 그게 결코 남의 이야기가 아니라는 걸 알게 됐다.

장마가 끝나고
선선한 바람이 스며들던 어느 날,
나는 친구들과 운동장에서 공을 차고 있었다.
하늘을 가리던 형형색색의 우산도,
무더위에 맞서던 반팔 티셔츠도
어느새 자취를 감췄다.

초등학생이던 나는
마치 지난여름의 아쉬움을 달래기라도 하듯,
운동장을 뛰어다녔다.

그러던 어느 날,
늘 함께 어울리던 친구 하나가
학교에 나오지 않았다.

처음엔 그저 늦잠을 잤겠거니 했다.
워낙 지각이 잦은 녀석이었으니까.

하지만 아침 조회 시간,
선생님은 친구가
당분간 학교에 오지 못할 거라고 말했다.
그때부터 뭔가 불안한 기운이
마음을 짓누르기 시작했다.

걱정을 참지 못한 나는 방과 후, 교무실로 향했다.
선생님과 단둘이 이야기하면
조금은 다른 대답을 들을 수 있을 것 같았다.
그 친구와 내가 가장 가까운 사이라는 걸
선생님도 알고 있었으니까.

하지만 돌아온 대답은 같았다.
"너무 걱정 말고, 며칠 더 기다려 보자."

나는 그날,
궁금증도 불안도 풀지 못한 채
텅 빈 마음으로 돌아서야 했다.

며칠 뒤, 선생님은
무거운 목소리로 친구의 소식을 전했다.
친구의 아버지가 돌아가셨다고.
그동안 그는 병상에 계신
아버지를 곁에서 지켜오고 있었던 것이다.

그 말을 듣는 순간,
가슴 어딘가가 덜컥 내려앉는 기분이었다.
몸이 편찮으신 건 알고 있었지만,
막상 그날이 올 줄은 몰랐다.

친구의 아버지는 내가 놀러 갈 때마다
다정한 미소로 맞아주시던 분이었다.
그런데 이제 다시는 그 미소를 볼 수 없다니.

친구의 아픔을 이해하기에 너무 어렸던 나는,
장례식장에서 어떤 표정을 지어야 할지,
무슨 말을 건네야 할지 몰랐다.
어설픈 위로가 더 상처가 될까 두려웠다.

그래서였을까,

어른들이 굳이 가지 않아도 된다고 했을 때

나는 안도했다.


지금 생각해 보면,

그건 친구를 마주할 용기가 없었던 나의 변명이었다.


며칠 뒤,

학교에 돌아온 친구는 생각보다 밝은 얼굴이었다.

매일 웃고, 장난치고, 예전과 똑같이 지냈다.


그런 그의 모습을 보고 정말 괜찮아진 줄 알았다.

하지만, 그 밝음 뒤에는 또 다른 슬픔이 숨어 있었다.


학교를 마치고, 집으로 가던 길.

나는 무심코 물었다.

"근데 왜 안 울어? 이제 다 괜찮아진 거야?"

내 질문을 받은 친구는
집 앞에서 발걸음을 멈추고,
하늘을 올려다보며 말했다.
"여전히 힘들고, 매일 보고 싶어.
지금도 이렇게 집에 가면 아빠가 거기 계실 것 같아."

그러곤, 손등으로 얼굴을 가리고
참았던 눈물을 천천히 흘리기 시작했다.

그제야 나는 깨달았다.
웃음 뒤에 숨겨진 슬픔이
말보다 더 깊게 마음을 채울 수 있다는걸.
위로는 꼭 말로만 해야 하는 것이 아니라는 것도.

그날 이후,
우리는 많은 시간을 함께 보냈다.
친구는 자주 우리 집에서 밥을 먹으며
아버지가 없는 집으로 돌아갈 용기를 냈고,
나는 그의 마음을 조금씩 헤아려 갔다.

죽음을 이해하기도 전에,

나를 찾아온 첫 이별은

조용히, 그러나 분명하게 내 삶을 스쳐 갔다.

## · 울지 않는 아이

울지 않는 아이가 있었다.
그때는 그저 덤덤한 줄 알았다.
하지만 지금에서야 알게 됐다.
그건 덤덤한 것이 아니라
너무 일찍 성숙해 버린 마음이었다는 걸.

어릴 적부터 나와 함께 지내던 그 아이는,
가족들과 함께 작은 단칸방에 살았다.
비록 넉넉하진 않았지만 항상 성실하게,
누구보다 밝게 살아가던 아이였다.
쉬는 시간에도 책을 놓지 않았고,
운동장보단 도서관에 익숙했던 아이.

어쩌면 나는,
묵묵히 자기 몫을 해내는
그를 부러워했을지도 모른다.

나보다 단단해 보였던 마음.
누구보다 꾸준했던 태도.

나는 그날도 당연히,
그가 평소처럼 어디선가 잘 지내고 있으리라 생각했다.
그러나 학원이 끝나고 집으로 돌아가던 길.
친구들 사이에서 그 아이의 이름이 흘러나왔다.
"그 녀석 어머니 돌아가셨대."

그 말을 듣자마자, 나는 그대로 발걸음을 멈췄다.
한동안 가만히 서서, 그 말의 무게를
내 안에서 어떻게든 받아들이려 애썼다.

하지만 멈춰버린 생각은 감정을 따라오지 않았다.
가까운 누군가의 죽음을 마주한
겨우 두 번째 순간이었다.

왜 착하고 성실한 사람들일수록
더 가혹한 일들을 겪는 걸까.
현실은 왜 드라마보다 더 잔인한 걸까.

그 생각들은 지금도, 마치 젖은 옷처럼
마음에 들러붙어 나를 지치게 한다.
때론, 그 무게를 떨쳐내기 위해
무언가에 분노하고 싶다는 생각이 스치지만,
나는 그럴 만큼 용기 있는 사람이 아니다.
그저 조용히, 글 속에서라도 내 마음을 토해본다.

나는 또 한 번,
이별이 놓인 자리에 서지 못했다.
앞선 기억처럼, 그 자리에 서는 게 두려웠다.
그저 친구가 돌아올 때까지 예전처럼,
아무 일 없는 듯 하루하루를 보내기로 했다.
어렸던 나는 그게 최선이라 믿었다.

그날 이후 며칠 동안,
나는 친구가 앉던 자리를 조심스레 피해 다녔다.
쉬는 시간에도, 점심시간에도,
괜히 다른 아이들과 더 어울리는 척을 했다.
친구가 없는 교실은 평소보다 조용했다.
나는 그 공백을 들키지 않으려,

괜히 더 자주 웃고 떠들며 애썼다.

며칠 뒤, 장례를 마친 친구는
아무렇지 않다는 듯 학교로 돌아왔다.
평소처럼 농담을 건네고, 크게 웃고,
예전보다 더 밝게 행동하는 그의 모습이 당황스러웠다.

그 웃음은 어디에서 온 걸까.
정말 웃을 수 있어서였을까,
아니면 슬픔을 감추기 위해서였을까.

나중에서야 알게 됐다.
그건 '아프지 않아서'가 아니라,
'티 내지 않기 위해서'였다는 걸.

사실, 그는 누구보다 슬펐을 것이다.
그런데도 사람들 앞에서는
늘 그랬던 것처럼 행동하며 슬픔을 숨겼다.
그 웃음 뒤에 감춰진 것이
눈물보다 더 깊은 고통이었다는 걸

나는 너무 늦게야 알아차렸다.

그때 친구는 울지 않는 아이였다.
아니, 울지 못했던 아이였다.

그리고 나는,
그런 친구의 마음을 제대로 바라보지 못한 채,
그의 슬픔에 무심한 척,
시간에 기대어,
죄책감이 흐려지기만을 바랐다.

그러나 그는, 내가 멀어지려 할수록
더 다정하게, 더 가까이 다가왔다.
그 다정함이야말로 진정한 위로가 아니었을까.
그 나이에 어울리지 않는, 단단한 성숙함이었다.

시간이 흐르고, 친구는 어른이 되어
삶을 스스로 이끌어갔다.
그리고 나는 여전히, 그와 술을 기울일 때면
그때의 이야기를 꺼내곤 한다.

내가 그럴 때마다 그는,

괜찮다며 미소를 보인다.

그 웃음은 진심일까.

아니면 나를 위한 배려일까.


어쩌면,

그때도 지금도, 그는 여전히

울지 않는 아이일지도 모른다.

많은 시간이 지났지만,

여전히 그의 빈 자리에 서지 않았던 것을 후회한다.

그때, 슬픔을 나누었다면

우리의 관계가 어떻게 달라졌을지 상상해 본다.


가끔 거리에서 교복 입은 아이들을 보면

불현듯 그때 친구의 모습이 떠오른다.


햇살 아래 웃던 그 아이는,

사실 그늘 속에서

모든 걸 견디고 있었는지도 모른다.

그 웃음 뒤에는 아마,

아무도 볼 수 없는 고통이 가득했을 것이다.

그의 그늘을 뒤늦게 알아챘다는 사실이,
여전히 내 마음을 아리게 한다.

## · 첫 장례식, 그리고 약속

여느 때처럼,
잠이 덜 깬 눈을 비비며
억지로 하루를 시작한 아침.

정신없이 세수를 하고,
밥을 입에 대충 밀어 넣었다.
그날따라 유난히 무겁게 느껴지는 가방을
어깨에 둘러메고, 현관문을 나섰다.

별일 없는 하루가 시작될 거라 믿었던 그때,
나는 전혀 예상하지 못한 소식을 마주하게 됐다.

학교 가는 길에 핸드폰을 확인했을 때,
한 친구에게서 온 부재중 전화가 여러 통 찍혀 있었다.
늦잠을 잤나 싶어 가볍게 전화를 걸었지만,
친구는 끝내 전화를 받지 않았다.

뭔가 이상하다는 생각이 들 무렵,

그의 집 앞 골목에서

교복을 입고 서 있는 친구를 만났다.

"야, 아침부터 왜 전화 폭탄이야. 무슨 일 있어?"

가벼운 장난으로 아침을 시작하려던 찰나,

나는 친구의 표정을 보고 걸음을 멈췄다.


그때, 나는 그의 표정 속에서

무엇인가 낯설고 불안한 감정을 느꼈다.

뭔가 말할 수 없을 정도로

무거운 감정이 가득한 눈빛이었다.


들썩이는 어깨,

축축하게 젖은 눈가.

입을 떼려다 멈춘 말들이

목까지 차올라 있다가,

마침내 친구의 입에서 한 마디씩 떨어지기 시작했다.


"엄마가… 이상해."

서서히 무너지던 그가 간신히 뱉었던

그 짧은 한마디엔,
담아낼 수 없는 슬픔과 고통이 스며 있었다.

나는 정신을 다잡기 위해 안간힘을 써야 했다.
혼란 속에서 내가 할 수 있는 일들을
빠르게 떠올리며 하나씩 물었다.

119는 불렀는지,
가족에게 연락은 했는지,
지금 어머니의 상태는 어떤지.
친구는 이미 삼촌에게 연락했고,
구급차도 오는 중이라고 했다.

무너져 내리는 사람 옆에서
할 수 있는 일이 많지 않다는 걸
나는 이미 알고 있었다.
그래서 시간을 함께 흘려보냈다.
그가 잠시나마 숨을 고를 수 있도록.

아무것도 하지 않아도,
곁에 있는 것만으로도,
위로가 되는 순간들이 있다는 걸
어렴풋이 배운 적이 있었기 때문에.

얼마 지나지 않아
어른들이 하나둘 모이기 시작했다.
어머니와 친했던 이웃들은
괜찮을 거라는 말을 건네며
친구의 어깨를 다독였다.

다른 친구들에게
무슨 말부터 전해야 할지 몰랐던 나는,
짧은 문자 몇 줄을 보냈다.
학교엔 대신 이야기해달라고.

그 뒤로는,
구급차가 도착할 때까지 친구 곁을 지켰다.

무슨 말을 해야 할지도,
어떤 표정을 지어야 할지도 몰랐지만,
그저 옆에 있다는 것만으로도
그 순간에는 충분하리라 믿었다.

그는 주저앉을 듯 다리를 떨었고,
나는 그럴 때마다
작게 한숨을 쉬며 등을 토닥였다.
아침 공기는 차가웠고,
길 위의 시간은 유난히 느리게 흘러갔다.

얼마의 시간이 흘렀을까,
익숙한 사이렌 소리가 울리며 구급차가 도착했다.
구급대원들이 부리나케 안으로 들어섰고,
나는 친구에게 조심스레 말했다.
"학교는 걱정 마. 어머니 곁에 있어."

친구는 고개를 끄덕였지만,
눈빛은 여전히 무너져 있었다.
나는 마지막으로 한 번 더 친구를 바라본 뒤,

천천히 발걸음을 돌렸다.

뭔가를 두고 온 사람처럼,

자꾸만 뒤를 돌아보게 되는 길이었다.


학교에 도착하자마자 교무실로 향해

친구의 담임선생님께 상황을 전했다.

아무도 지각을 탓하지 않았다.

오히려, 선생님은 따뜻하게 말했다.

"잘했어."


그날따라 낯설지 않고 따뜻하게 들렸던

선생님의 한마디는,

삶의 무게를 견뎌낸 사람만이 내뿜을 수 있는,

그런 목소리였다.


쉬는 시간이 다가오자

친구에게서 전화를 달라는 문자가 왔다.


나는 조심스레 전화를 걸었고,

친구는 담담한 목소리로 말했다.

"엄마 돌아가셨어. 며칠 학교 못 갈 것 같아."
누군가의 부고를 접한 적은 있었지만,
죽음의 과정을 직접 마주한 건 처음이었다.

목이 멨지만,
최대한 차분한 척 장례식장 위치를 묻고,
필요한 물건이 있으면 알려달라고 말했다.
전화를 끊고 나서야,
잔잔한 척 숨겼던 마음이 크게 출렁였다.

모든 것이 멈춘 듯한 그 순간,
그동안 거리를 두었던 감정들이 밀려왔다.
그러나 더 이상 예전처럼 피하고 싶지 않았다.
마침내 누군가의 마음을 채울 시간이 왔다고 느껴졌다.

슬픔이 머무르는 자리에,
옷은 어떻게 입어야 할지,
어떤 위로를 건네야 할지 몰랐던 나에게
할머니는 주머니에 오만 원을 넣어주시며 말씀하셨다.
"그냥 마음 다해 인사드리고 오면 돼."

그 말을 들은 다음에야, 비로소 마음이 놓였다.
그렇게 마지막 만남을 향해 나섰다.

장례식장에 가까워질수록
삼삼오오 모여 있는 사람들의 모습이 보이기 시작했다.
빈소를 향해 걸어가며 마주친 풍경은
실로 이색적이었다.

모든 사람의 움직임이 조용했고,
침묵 속에 스며든 공기가 묵직했다.
그 공간은 그녀가 더는 이곳에 없다는 사실을,
조용히 증명하고 있었다.

그곳의 입구는,
마치 출구가 없는 긴 터널의 시작처럼 느껴졌다.
입구 옆에는 작게 마련된 흡연 부스가 있었고,
검은 상복을 입은 어른들이
조용히 담배를 피우고 있었다.

그들의 어깨는 무거워 보였고,
깊은 한숨과 함께 피어오르는 연기 속엔
말로 다 하지 못한 마음들이 섞여 있는 듯했다.

복도 한편엔 눈에 띄게 핼쑥해진 사람들이
눈물을 훔치며 서 있었고,
입구부터 빈소까지는
누군가의 애도를 담은 화환들이 길게 늘어서 있었다.

빈소에 들어서자,
사진 속에서 웃고 있는
친구 어머니와 눈이 마주쳤다.

목이 메어 말이 나오지 않았고,
준비했던 예절은 생각나지 않았다.
우리는 어른들의 손짓에 따라
조용히 고개를 숙였다.

잠시 뒤, 친구가 우리에게 다가왔다.
애써 웃고 있었지만,
그 미소는 평소와 달랐다.
미소 뒤에 숨겨진 아픔과 허탈함이 고스란히 느껴졌다.

나는 그가 무너지지 않기 위해
얼마나 애쓰고 있는지를 알 수 있었다.
우리가 그 곁에 함께 있는 것이,
그에게 조금은 도움이 되었기를 바랐다.

지금까지도 그 친구와는 계속 연락을 주고받는다.
어쩌면 우리는 서로에게 가장 가까운 존재였기 때문에,
그 시간이 우리를 더욱 단단하게 만들었을지도 모른다.

지난주,
오랜만에 함께 술을 마시던 자리에서 친구는 말했다.
"그때 옆에 있어 줘서 고마웠어. 어머니도 네가 와주
신 거 아마 아셨을 거야."

나는 그 말을 가만히 되새겼다.

그리고 속으로 이렇게 되뇌었다.

"어머니, 그때 드렸던 약속 기억하시나요?

10년이 지난 지금도, 저는 여전히 친구 곁에 있습니다."

## · 가장 강한 사람이 무너지는 순간

때론,
특별한 이유 없이 누군가가 마음속에 깊게 남기도 한다.
나에게 그랬던 사람은 '감독님'이었다.
운동을 시작한 것도, 오래 하게 된 것도
어쩌면 그 사람 덕분이었을지도 모른다.

나도 모르는 사이,
나를 사람답게 만들어주셨던 분.

감독님은,
내가 초등학생이던 시절부터 인연이 시작된 분이다.
방과 후, 집에서 뒹굴거리기만 하던 나를,
가족들이 "운동이라도 시켜보자"고 보낸 곳.
처음엔 그저 시간을 때우려는 마음으로 시작한 운동은
어느새 내 하루의 중심이 되어 있었다.

그 시절, 나는 그저 평범한 제자 중 하나였다.
그럼에도 감독님은 언제나 나를 진심으로 대해주셨다.


실력보다 인성을 더 중요하게 여기셨던 감독님은,
때론 엄격했고, 때론 무서웠다.
유독 말썽이 많았던 나는
가장 많이 혼나는 사람이기도 했다.
그럼에도 그 꾸중 속엔 늘 따뜻함이 깃들어 있었다.
그땐 그저 무섭기만 했던 말들이,
지금은 나를 다듬어준 선물처럼 느껴진다.


운동을 그만두고 대학에 진학한 뒤 어느 날,
감독님의 아버지께서 돌아가셨다는 소식을 들었다.
내 고등학교 졸업식에도 와주실 만큼
가까운 사이였기에,
그 소식을 접한 순간, 마음이 무겁고 복잡했지만
나는 그가 이 아픔을
혼자서 감당하지 않기를 간절히 바랐다.

빈소로 향하는 택시 안은 침묵으로 가득했다.
창밖으로 보이는 풍경은 그 색을 잃은 듯했고,
나는 조용히 무거운 감정을 삼키며 목적지로 향했다.

차창 너머로 입구가 보이기 시작하자,
마음속 깊은 곳에서 불안과 두려움이 함께 밀려왔다.
그동안 멀리했던 이 장소가,
점점 더 익숙해져야 한다는 생각 탓이었을까.

도착한 빈소의 복도는 화환들로 빼곡했다.
단단히 고정된 꽃들은
감독님과 아버지의 시간을 지탱해 주는 듯했지만,
장례식 특유의 공허함을 완전히 덮지는 못했다.

감독님은 조문을 마친 내 손을 꼭 잡고,
조용히 말씀하셨다.
"와줘서 고맙다."

짧게 건넨 그 한마디는,
나를 그 공간에 온전히 묶어 놓았다.
그의 눈빛 속에는 수많은 감정이 스며들어 있었고,
포개진 두 손은
그 어떤 말보다 더 많은 아픔과 감사를 담고 있었다.
누구보다 강하고 흔들림 없던 사람이,
처음으로 인간적인 약함을 드러내며
한참 동안 흐느꼈다.

늘 단단하던 스승도,
아버지를 잃은 순간에는
그저 한 사람의 자식일 뿐이었다.

그 모습은
내가 기억하는 그의 강인함과는
너무도 달라서,
내 가슴에 깊은 여운을 남겼다.

그 곁엔 감독님의 아들도 조용히 서 있었다.
아버지를 보내는 사람,

그리고 그런 아버지를 지켜보는 또 다른 자식.
순간 세 사람의 모습이 겹쳐지며
'가족'이라는 말이 마음 깊숙이 들어왔다.


어쩌면 그는, 아버지의 부재 속에서,
아들의 세상을 대신 지탱하고 있었는지도 모른다.


집으로 돌아오는 길,
나를 다듬어주었던 또 다른 어른들이 떠올랐다.
감독님처럼, 나를 꾸짖고 다독이던 분들.


건강이 좋지 않으셨던 미술 선생님은 지금도 잘 계실까.
숫자와 성적만을 떠나
나를 온전히 이해해 주셨던 수학 선생님은...
부디, 아직 같은 자리에 머물러 계시기를.


가끔 동네에서 감독님을 마주치면,
자꾸만 아버지가 떠오른다.
나를 꾸짖던 말투, 좋아하시던 술,
모든 게 아버지를 닮아 있었다.

나는, 우리 아버지처럼 느껴지는 그분께
장난처럼 말하곤 한다.
"술 좀 줄이시라니까요."

하지만 그 마음은 장난이 아니다.
정말, 오래도록 건강하셨으면 좋겠다.

지금도 스승의 날이 다가오면,
조심스럽게 연락을 드린다.
"감독님, 시간 괜찮으시면 밥 한번 하시죠."

가끔 던지는 그 말엔,
'건강히 계셔주세요'라는 진심이 숨어 있다.

운동보다 사람됨을 먼저 알려주셨던 그 마음은,
이제 내 안에 뿌리처럼 남아
내가 누군가에게 전하고 싶은 마음이 되었다.

그 마음을 따라,

나도 누군가의 어른이 되어가고 있다.

# 2부 : 본인이 보낸 부고장

## · 스무 살, 젊음의 끝

아마 많은 사람들이 살면서 한 번쯤은
부고장을 받아봤을 것이다.
그때, 우리는 잠시 멍해지곤 한다.

친구의 부모님, 직장 동료의 가족,
혹은 가까운 친척이 떠났다는 소식이
문자 한 줄, 링크 하나로 도착하는 그런 순간.

대부분의 부고장은
고인의 가족이나 지인이 대신 보내지만,
가끔은 마치 고인이 마지막으로 전하는 인사처럼,
그 목소리가 내게 들리는 듯한 기분이 들 때가 있다.

이를테면, 소중한 사람의 이름 앞에
'고(故)'라는 글자가 새겨져 있을 때.

그 순간이야말로,

가장 당혹스럽고도

믿기 힘든 순간이 아닐까 싶다.


나 역시 그런 장면을 마주할 때마다

늘 가슴이 철렁 내려앉는다.

살면서 몇 번이고 경험했지만,

방금 전까지 살아 있던 사람이

단숨에 '과거형'이 된다는 사실은

도무지 익숙해지지 않았다.

이런 일은 정말이지,

예상도 준비도 할 수 없는 종류의 일이다.


너무도 갑작스럽게 닥쳐오는 것이

가장 큰 이유였겠지만,

그때 나는 너무 어렸다.


대학교 1학년,

기다리던 스무 살이 되던 해였다.

이름도, 얼굴도, 배경도 모르는 사람들이

각자의 방식으로 젊음을 피워내던 시절이었다.

입시에 지쳐 있던 고등학교 3학년을 지나,
이제 막 '어른'이라는 타이틀을 부여받은 나는,
새로운 시작을 맞이하고 있었다.
하루하루가 새로움으로 가득했고,
새벽까지 술을 마시며 청춘을 채우던 시기였다.

하지만 놀기 위해선 돈이 필요했다.
나는 그저 단순한 계획 아래,
친구들보다 더 많이 벌어,
더 많이 놀겠다는 목표를 세웠고,
편의점과 식당을 오가며 바쁘게 지냈다.
그렇게 일과 놀이가 엉켜버린 나날들이 이어졌다.

그날도, 여느 때처럼
편의점에서 정신없이 물건을 정리하고 있었다.
그때 고등학교 친구에게 연락이 왔다.
졸업하고 처음 온 연락이니 더 반가웠다.
친구랑 놀 생각에 살짝 들떴지만,

하필 가장 바쁜 시간대였다.

나는 급히 친구에게
"지금은 바쁘니까,
급한 일이면 문자로 남겨줘. 끝나고 연락할게."
라고 말하고, 빠르게 일을 마무리했다.

일을 얼추 정리하고 난 후,
다시 확인한 친구의 메시지에는
우리가 함께 지내던 친구가
사고를 당했다는 내용이 적혀 있었다.

순간, 손에 들고 있던 물건을 내려놓고
핸드폰 화면을 뚫어지게 바라봤다.
정신을 차린 후 곧장 문자를 보냈다.
"어디 다쳤는데?"

답장은 띄엄띄엄 도착했지만,
그 어디에도 구체적인 설명은 없었다.

그저,
"일단 끝나면 전화 줘. 먼저 갔대. 인사하러 가자."
라는 말만 남겨져 있었다.

불길했다.
단순한 병문안이라면,
이런 식으로 말했을 리 없었다.
문자에 담긴 어투와 분위기는,
차마 입 밖에 낼 수 없는 이야기를 담고 있는 듯했다.

그리고 이어서 도착한 한 통의 문자.
그건 친구의 부고장이었다.

머릿속이 새하얘졌다.
화면 속 글자를 몇 번이나 다시 읽고서야
비로소 상황을 이해할 수 있었다.

한창 꽃피던 스무 살의 그 친구가
세상을 떠났다는 사실을.

늘 북적이던 편의점은
그 순간부터 차갑고 고요해졌다.
문의 종소리도 들리지 않았고,
바코드 위로 번지던 붉은 불빛마저
색을 잃은 것처럼 보였다.

손이 떨렸다.
친구에게 전화를 걸려다 멈추고,
다시 메시지를 읽어보고,
또다시 전화를 걸려다 멈추기를 반복했다.

어제까지만 해도 멀쩡하던 친구가
갑자기 죽었다는 사실이
도무지 믿기지 않았다.

숨을 깊이 들이마셨지만
심장은 터질 듯 요동쳤다.

누군가 장난이라고,
거짓말이라고 말해주길 바랐다.

친구가 아무렇지 않게 전화를 받아
"야, 술이나 마시자."
하고 웃어주길 바랐지만,
그런 일은 끝내 일어나지 않았다.

밤 11시.
일이 끝나자마자
예의를 다해 옷을 갈아입고
그를 만나러 갔다.

예상과는 다르게,
학창 시절을 함께 보낸 친구들이
늦은 새벽까지 그 친구 곁을 지키고 있었다.
그가 생전 대인관계가 좋았기 때문일까.

영정 사진 속의 친구는
늘 그렇듯 장난기 어린 얼굴로 웃고 있었다.
어쩌면 그는 지금 이 순간이
장난인 척하고 싶었는지도 모른다.

하지만 차가운 공기를 가른
조용한 울음소리들 속에서
나는 마침내 실감할 수밖에 없었다.

그를 향해 고개를 숙이던 순간,
주변의 소리가 멀어지고,
시간조차 멈춘 듯 감각이 하나둘 사라졌다.
어디서부터 흘렀는지 모를 눈물은
밤새 멈추지 않았다.

'이제 겨우, 스무 살의 문턱을 넘었을 뿐인데'

고등학교를 졸업한 지 얼마 지나지 않아
친구를 먼저 떠나보내는 경험은
우리 모두에게 처음이었다.
모든 게 서툴렀다.
우리가 할 수 있는 일이라곤
유족 곁을 지키며 그를 추억하는 것뿐이었다.

그해 우리는,

알고 싶지 않았던

죽음의 의미를 서서히 배워가며,

차가워진 친구 곁에서

늦은 새벽까지 따뜻한 시간을 함께 보냈다.


짧지만 활짝 피어났던 스무 살의 순간은

우리의 기억 속에만 머물게 되었다.

한순간 찬란하게 빛났던 꽃은,

너무도 이른 바람에 스러져버렸다.

## · 전우

우리나라의 남자라면 대부분이 그렇듯,
나 역시 20대 초반에 군대를 다녀왔다.

당연히 가고 싶어서 간 건 아니었지만,
걱정했던 것만큼 힘들지 않았다.
막상 생활해 보니 웃음이 나는 순간도 많았고,
좋은 사람들도 있었다.

시간이 흘러
멀게만 느껴졌던 '전역'이라는 단어는
어느새 눈앞에 성큼 다가와 있었다.
그 시간들을 버틸 수 있었던 건,
함께했던 전우들이 있었기 때문이다.

그래서인지,
다시 그 시절로 돌아간다고 해도
기꺼이 같은 선택을 할 수 있을 것 같다.

나는 지금도 간간이 전우들 연락을 주고받는다.
명절에 만나는 친척들처럼,
조금은 옅고 길게.

처음부터 우리 사이가 이렇게 다정했던 건 아니다.
전역 후에는 생일이나 연말에
형식적인 인사만 나누는 정도였다.
부대 사람들과 얼굴을 마주한 건 손에 꼽을 정도.

각자의 삶이 바빠졌고,
언제든 만나면 된다는 안일한 생각이 있었던 우리는
각자의 시간 속에서 조금씩 멀어졌다.

그러나 그렇게 편안한 일상이 계속될 거라 믿었던 그때,
우리의 생각을 완전히 바꿔놓은 일이 생겼다.
'전우의 죽음'이었다.

나에게는 몇 안 되는 소중한 군대 동기들이 있었다.
그중 한 명, 나와 같은 나이에 같은 대대와 중대,
심지어 같은 생활관까지 함께했던 친구.

웬만한 친구들과도 티격태격하기 마련인데,
그 녀석하고는 그런 일이 없었다.
일도 잘하고, 매사에 긍정적이었으며,
조금은 특이한 나와도 어울릴 수 있었던 녀석.

그렇게 우리는,
서로의 시간을 다정하게 채워가며
군 생활을 좋은 기억으로 남겼다.

전역 후에는 서로 먼 곳에 살았지만
명절이면 안부를 나누고, 영상 통화로 근황을 전했다.
전화를 끊을 때마다 습관처럼 가볍게 뱉었던 그 말.
"다음에 꼭 보자."

마음 한 켠을 비워두고 있던 말,
다음에 꼭 보자는 그 말이
이렇게 허무하게 끝날 줄은 몰랐다.

그 녀석의 마지막 소식은,
생각보다도 훨씬 갑작스러웠다.

늘 따뜻한 미소로 우리를 반겨주던 녀석은
싸늘한 주검이 되었다.

회사 점심시간,
무심코 친구의 SNS를 열었다.
'부고 소식'이라는 단어가 눈에 들어왔고,
처음엔 친구의 부모님 소식인가 싶었다.
그런데 그 글에는 너무나 익숙한 이름이 적혀 있었다.

'고(故)' 자가 붙은 그의 이름.
순간, 숨이 턱 막혔다.
평소 아픈 곳도 없던 녀석이었기에
더 믿기지 않았다.

나는 곧바로,
함께 군 생활을 했던 전우들에게 비보를 알렸다.
그 소식을 전할 사람이 있다는 사실이,
그 순간엔 조금은 위안처럼 느껴졌다.

모두가 다른 지역에 살았고,

장례도 그 친구가 살던 먼 도시에서 치러졌다.

현실적으로 모두가 참석하긴 어려웠지만,

우리는 곧 역할을 나누었다.


가장 선임인 형이 빠르게 조율했고,

막내였던 두 후임은 주저 없이 빈소로 향했다.

나는 전우들의 마음을 모아

부의금을 전달하는 역할을 맡았다.


당시 내 연락을 받은 소대장님은

소대원의 소식을 알려줘서 고맙다며

적지 않은 부의금을 보내주셨다.

나는 당연히 내역을 정리해 사진으로 공유했다.

서로를 의심하진 않지만,

모두가 함께하는 일이었기에.


동생들이 빈소를 다녀온 늦은 밤,

가장 선임이었던 큰 형이 내게 말했다.

"좋은 일이든 나쁜 일이든,
이런 일 있을 땐 서로 도와야지.
앞으로 연락망은 네가 맡아줬으면 한다."

나는 그 제안을 기꺼이 받아들였다.
그 이후로도 우리는
누군가의 결혼식이나 부고 소식을 공유하며
1년에 한두 번 정도, 친척처럼 마주하고 있다.

그 친구의 죽음 앞에서
많은 사람들이 그 이유를 궁금해했다.
아마도 걱정과 아쉬움에서 비롯된 마음일 것이다.

나도 그랬다.
하지만 유족들에게 이유를 묻는 건 차마 할 수 없었다.
단지 나는, 아니 우리는
그 녀석이 비정한 사회를 견디지 못해
스스로 생을 마감한 것은 아니었기를 바란다.

함께한 시간은 고작 1~2년,
전역 후엔 주로 전화로만 안부를 나눴던 친구지만
가끔은 그 시절이 유독 그립다.
특히 그 녀석이었기에,
더 자주 떠오른다.

그냥 바빠서 연락이 뜸했던 거라면 좋았을 텐데.
아직도 그 말이 마음 한구석에 남아 맴돈다.
시간 맞춰서, 친구들과 함께 한 번 보러 가야겠다.

"이제는 우리가 그 약속을 지키러 갈게.
늦었지만, 너도 웃으며 맞아줬으면 좋겠다."

## · 부고조차 듣지 못한 이별

대부분의 장례는 삼일장으로 치러지다 보니
웬만하면 잠깐이라도 얼굴을 비추려 애를 쓴다.

그러나,
수많은 조문을 다녀온 나도
끝내 가지 못한 장례식이 있다.

지금도 마음 한구석에 무겁게 걸려 있는 이별,
그 이야기를 조심스레 꺼내보려 한다.

운동을 하던 시절,
유독 가까웠던 선배가 한 명 있었다.

평소 엄격했던 그는,
장난도 심하고 말도 거칠어서
후배들 대부분이 그와 거리감을 느꼈다.
그러나 나에게만큼은 유독 따뜻했다.

그래서였을까.

다른 이들이 연락을 끊은 후에도

나는 종종 연락을 이어갔다.


운동을 그만둔 뒤에도

우리는 가끔 만나 술을 마셨고,

서로를 '형, 동생'이라 부르며

이름 대신 마음을 주고받았다.


대학 시절,

겨울방학 무렵의 일이다.

형은 직장인이 되었고,

나는 대학생으로서의 삶을 살고 있었다.


늘 시간이 엇갈려 좀처럼 보기 힘들었던 우리가,

간만에 타이밍이 맞았다.

정말 오랜만에 서로의 얼굴을 마주했다.

유독 술을 많이 마셨던 그날,
그동안 좀처럼 하지 않았던
낯간지러운 이야기들을 나눴다.

내가 먼저 말했다.
"형, 나 어릴 땐 좀 궁금했어.
다른 후배들한텐 그렇게 엄격하더니
왜 나한텐 잘해줬냐고."

형은 잠시 김치찌개를 떠먹더니,
"그냥 동생이니까 잘해준 거지."
라고 툭, 말하곤 다시 소주잔을 들었다.

얼큰하게 취한 밤,
우리의 술자리는 그렇게 끝났다.

그날 이후, 형과 나는 다시 예전처럼
가끔 안부를 묻는 사이로 돌아갔다.

형도, 나도
'무소식이 희소식'이라 여겼고
서로 어색하지 않게 거리를 두었다.
그게 우리 방식이었다.

때문에
몇 달간 연락이 없던 것도,
그리 이상하진 않았다.
사실, 매일 연락하며 일상을 공유하는 사이가
세상엔 그렇게 많지 않으니까.

그러던 어느 날,
SNS를 스치듯 넘기다
어딘가 익숙한 이름을 보았다.
'○○○, 잘 보내주었습니다.'

처음엔 형의 지인이
누군가를 떠나보낸 이야기인 줄 알았다.

하지만
익숙한 이름 앞에 붙은 '故' 자를 보는 순간,
스크롤을 내리던 내 손은 그대로 멈춰 섰다.
내가 아는, 그 사람이 맞았다.

'고(故) ○○○'

장례는 이미 끝난 뒤였고
그제서야 나는 소식을 알게 됐다.

겨우 스물다섯,
그는 짧은 시간을 끝으로 이곳을 떠났다.

형은 원래 SNS를 하지 않던 사람이었다.
때문에 직접 소식을 전할 창구도 없었고,
장례를 알릴 만큼 가까운 지인들도
그리 많지 않았던 것 같다.

그러다 보니,
형과 가까웠던 친구들조차

그가 세상을 떠났다는 사실을
한참이 지나서야 알게 됐다.

나 역시, 누군가가
형의 부고를 조심스레 SNS에 남긴 글을
우연히 보게 되었을 뿐이다.
형과 가장 가까웠던 친구조차
부고장을 받지 못했다는 이야기를 듣고서야,
나는 서운함을 놓아보기로 했다.

어쩌면 우리는
생각만큼 서로의 삶에
깊이 연결되어 있지 않았었는지도 모르겠다.

아직도 몇몇은 그 사실을 알지 못한다.
누군가 그의 이름을 꺼내면
믿지 못하는 눈치로 한 마디를 건넨다.
"거짓말하지 마"

더 자세히 말할 용기가 없는 나는,
여전히 말없이 고개만 끄덕인다.

나는 결국 부조도 하지 못했고,
마지막 인사도 건네지 못했다.
이유가 어찌 되었든,
형의 마지막을 지켜주지 못했다는 사실이
지금도 마음에 남는다.

장례를 맡았던 가족들에게
서운한 마음이 아예 없었던 것은 아니다.
형과 나의 인연을 몰랐기에
연락하지 못했겠지만, 그게 오히려 더 서글펐다.

요즘도 가끔 그의 생각이 날 때면,
SNS에 남겨진 몇 장 안 되는 사진을
조용히 들여다본다.

누군가를 떠나보내는 일도
익숙해진 줄 알았지만,

마지막 인사를 전하지 못한 이들은
언제나 마음 한편에 남는다.
비록 늦었지만 다시 한번, 그의 명복을 빌어본다.

"형, 이제는 조만간 인사하러 갈게.
그때 꼭 만나자."

## · 술 약속

내 주변엔 좋은 사람이 참 많다.
간혹 나쁜 사람도 있지만,
비교할 수 없을 만큼 좋은 이들이 더 많다.

그중에서도,
나와 20년 넘게 인연을 이어온 친구가 있다.

초등학교 1학년.
옆자리 친구가 내 필통을 실수로 엎었다.
화가 나려던 찰나, 엉겁결에 내민 연필 한 자루.
우리의 우정은 그렇게 시작됐다.

그땐 몰랐다.
실수를 머쓱하게 넘기는 법을 아는 그 아이와,
인생의 절반 이상을 함께하게 될 줄은.

초등학교를 함께 졸업한 우리는,
중학교와 고등학교까지 계속 붙어 다녔다.
언제나 옆에 있었고, 그게 당연했다.

우리가 처음으로 서로 다른 길을 걷게 된 건,
스무 살 때였다.
나는 대학에, 친구는 취직을 하며
조금은 다른 시간 속에서 살아갔다.

그래도 멀어지지 않았다.
우린 그런 사이였다.
서로 다른 지역에서 지내도,
명절이면 서로 일정을 맞췄다.

큰 일이 없는 한
연휴 중 하루를 보는 것이
우리의 암묵적인 룰이었다.

그런 날들이 쌓이며
서로의 일상에 스며 있던 우리에게,
어느 날 예상치 못한 소식이 전해졌다.


몇 해 전 여름,
비가 유독 많이 왔던 날.


바쁜 업무를 마치고 잠시 숨을 돌리며
비 내리는 창밖을 멍하니 바라보고 있었다.
그때 친구에게서 전화가 왔다.


"어머니 돌아가셨어. 회사에 이야기하고, 가는 길에
전화했어."
"다른 애들한테는 내가 이야기해 둘게. 비 많이 오니
까 운전 조심해."
"고맙다."
"퇴근하고 바로 갈게."


몇 마디 안 되는 대화였지만,
서로의 마음은 충분히 전해졌다.

내 마음은 복잡했다.

믿기 힘든 소식을 안은 채,

조용히 퇴근해 장례식장으로 향했다.

그 모든 게 아직 현실처럼 느껴지지 않았다.


퇴근 후 곧장 달려간 빈소엔

아직 조문객은 없었고,

친구의 가족들이 막 장례를 준비하고 있었다.


친척들보다 먼저 도착한 나는

가족들에게 인사를 하고 친구에게 다가갔다.


그는 입술을 꾹 다물고 허공을 바라봤다.

붉어진 눈으로 옅은 미소를 보이던 그의 얼굴엔,

말없이 흐르는 울음이 서려 있었다.

애써 눌러둔 감정이 서서히 깨어나는 듯 보였다.


나는 그런 친구의 어깨를 가만히 잡아주었다.

말없이 고개를 숙인 그는,

'인사드리러 가자'는 내 말에 조용히 따라나섰다.

사진 속 친구의 어머니는
마치 오랜만에 만나 반갑다는 듯,
부드러운 미소를 띠고 계셨다.
그 미소를 보자마자,
진작 찾아뵙지 못한 것에 대한 후회가
마음속 깊숙이, 뼈저리게 밀려왔다.

인사를 드리고 자리에 돌아오자
친구가 내 식사를 챙겼다.
"밥 안 먹었지?"
"너도 안 먹었잖아. 가족들은?"
"다 먹었어. 나는 이따 먹을게. 넌 먼저 먹어."

크게 배는 고프지 않았지만,
이미 준비된 음식을 거절할 수는 없었다.

조심스레 숟가락을 들었다.
조용한 상 위로,
국물 넘기는 소리만이 묵묵히 흘렀다.

말은 없었지만,
서로를 향한 마음이
음식 위에 조용히 내려앉아 있었다.
그건 배려였고, 위로였고,
채워질 수 없는 공감이었다.

그렇게 한 술, 두 술 넘기고 있을 때쯤,
익숙한 얼굴들이 하나둘 장례식장에 들어섰다.

먼저 온 몇몇 친척들,
그리고 곧이어 도착한 우리 친구들.

낯선 분위기 속에서도
조금씩 사람들이 모여들었다.
그 속에서 그는
다시 상주로서의 자리를 지켰고,
나는 그저 묵묵히,
한걸음 물러선 자리에서 지켜봤다.

그렇게, 첫날이 흘러갔다.

다음 날도 퇴근 후
다시 장례식장으로 향했다.
조문객은 더 많아졌고,
나는 전날처럼 조용히 곁을 지켰다.

보통은 한 번 들렀다 가는 경우가 많지만,
나는 그를 가족으로 여겼기에,
가능한 전 일정을 함께하고 싶었다.

그러나 일정상,
끝내 발인까진 함께하지 못했고,
함께하지 못한다는 사실이 계속 마음에 남아
내가 해야 할 일들을 미루는 듯한 허탈함이 몰려왔다.

그날 저녁,
내 마음을 알아챈 친구가 먼저 전화를 걸어왔다.
"장지는 친척들과 같이 가기로 했어. 신경 써줘서 고
마워."

고맙다는 그 말은 오히려 나를 더 미안하게 만들었다.

발인이 끝난 뒤,
친구는 우리 집 앞에 찾아왔다.
"덕분에 잘 보내드리고 왔어. 고맙다."

그 말이 끝나자,
잠시 어색한 침묵이 흘렀다.
그동안 내가 느꼈던 미안함과 허탈함이
조금은 풀린 듯한 기분이었지만,
어딘가 모르게 텅 빈 마음은 여전히 그대로였다.
친구는 아무 말 없이 내 어깨를 다독이며,
다시 일상으로 돌아갔다.

그날 이후로 시간이 흘러,
우리는 몇 번 더 서로 연락을 주고받았다.
그리고 특별한 일 없이 평범한 날에,
오랜만에 거하게 한잔했다.

술기운에 문득,
마음 한구석에 걸린 말이
입 밖으로 새어 나왔다.

"그래도... 그땐 진짜 미안했어."
내 말에 친구는 피식 웃으며 말했다.

"넌 참, 미안하다는 말이 빠르다."
피식 웃으며 그는 소주잔을 들었다.
술잔이 부딪치는 소리에만,
담담하게 녹아든 감정이 있었다.

그날 밤,
우리는 한마디 위로보다,
조용히 이어진 잔소리에 더 많은 마음을 실었다.
아마 앞으로도,
우린 그렇게 서로를 이해할 것이다.

## · 선택의 무게

20대 중반, 추운 겨울이었다.
예기치 않은 사고로 수술을 받았다.
평생을 좌우할 정도는 아니었지만,
반년 동안 걷는 것조차 쉽지 않았다.

마음은 움직이는데,
몸이 따라주지 않았다.
할 수 있는 일은 점점 줄어들었다.

그저 따뜻한 병실에서
차분히 시간을 보내려 애썼고,
퇴원 후엔 통원 치료를 받으며
재활에 집중하는 날들을 보냈다.

좋아하던 산책은 꿈도 꾸기 어려웠고,
계단 하나 오르는 일도 벅찼다.
게임을 하거나 책을 읽거나,

자격증 공부가 하루의 전부였다.


그러던 어느 날,
20대 초반에 자주 어울리던 친구의 할머니가
돌아가셨다는 소식을 들었다.


몸이 불편한 것도 있었지만,
무엇보다 '가야 할까 말아야 할까' 고민이 되었다.


예전엔 가까웠던 친구였다.
하지만 그는 술만 마시면 실수를 반복했고,
그럴 때마다 나는 마음을 다잡아야 했다.
몇 번이고 이해해 보려 했지만,
하지만 결국 자연스럽게 거리가 생겨버린 사이가 됐다.


가끔 연락이 오면 받았지만,
내가 먼저 연락하는 일은 없었다.


그런 그에게서 들려온 부고 소식.
나는 다른 친구들에게 상황을 전하며 부탁했다.

"나는 다리가 불편해서 못 갈 것 같아. 가서 내 마음
좀 전해줘"

조문을 다녀온 친구들에게서 전화가 왔다.
"잘 다녀왔고, 그 녀석도 괜찮은 것 같아"
그 말을 들은 나는 따로 연락을 하지 않았다.
내 마음이 충분히 전해졌을 거라 믿었기 때문이다.

한 달쯤 지난 어느 새벽,
그 친구에게서 전화가 걸려 왔다.
진동이 울린 순간, 평소와는 다른 공기의 결을 느꼈다.
익숙한 번호였지만,
왠지 모르게 망설이며 수신 버튼을 눌렀다.

잠시 정적이 흐른 뒤,
수화기 너머로 술에 잔뜩 취한 목소리가 들려왔다.
그는 인사 한마디 없이 곧장 거친 욕설이 쏟아졌다.

이해했다.
항상 지인들의 경조사엔 누구보다 먼저 달려가던 내가,

정작 자신이 가장 힘든 순간에 없었다는 사실이
그에게는 큰 상처였을 것이다.

욕설 끝에, 그는 묻기 시작했다.
왜 오지 않았냐고.
어떻게 그럴 수 있냐고.
연락은 왜 하지 않았냐고.

나는 먼저 사과했다.
미리 연락했어야 했고
장례가 끝난 뒤라도 안부를 전해야 했는데,
생각이 짧았다고, 미안하다고 말했다.

그리고 천천히 상황을 설명했다.
수술을 받아 지금은 걷는 것도 어렵다고.
조문을 간 친구들에게 내 마음을
대신 전해달라고 부탁했지만,
그게 제대로 닿지 않았던 것 같다고.

조용히 듣고 있던 그는
"그런 일이 있었다면, 왜 미리 말하지 않았냐"고 했다.

처음엔 내가 오지 않았다는 게 믿기지 않았단다.
그러다 서운함은 점점 의심으로 바뀌었다고.
나와 전화를 하고서야 비로소 이해가 됐고,
화낸 건 술기운이었다며 미안하다고 덧붙였다.

며칠 후 그는 병문안을 가겠다고 했지만,
나는 괜찮다며 거절했다.
곧 나아질 테니, 몸이 회복되면 만나자며,
그렇게 전화를 끊었다.

그때 처음으로 친구의 마음을 느꼈다.
'정말 서운했구나', 그리고, '지금 걱정하고 있구나'.

반년쯤 지나 재활을 마치고 다시 일상으로 돌아왔다.
여전히 삐걱거렸지만 천천히, 다시 걷기 시작했다.

몸이 나아지자,
마음속에 남아 있던 약속이 떠올랐다.
이제는 친구를 마주할 수 있을 것 같았다.

그렇게 오랜만에 친구를 만났고,
그동안 마음에 걸렸던 이야기를 꺼냈다.
그때는 정말 몸이 안 좋아서
어쩔 수 없었다고, 미안했다고.

친구는 조용히 고개를 끄덕였다.
"이해해. 그랬구나."

그러고는 잠시 뜸을 들이다가,
민망한 듯 웃으며 말했다.
"근데 진짜, 무슨 일 있으면 좀 얘기하면서 살아라. 응?"

그 말에 나는 잠시 머뭇거렸다.
솔직히 말하자면, 무리하면 갈 수 있었다.
하지만 그땐 몸보다 마음이 먼저 지쳐 있었다.
굳이 그렇게 하고 싶진 않았다.

그게 내 '선택'이었고
당시엔 최선이라고 믿었다.

하지만 시간이 지나며 또 하나 배웠다.
내가 '최선'이라고 믿었던 선택이,
남에겐 '최악'일 수도 있다는 것을.

다행히 지금은 다시
막역한 사이로 돌아왔지만,
그때의 일은 여전히 마음 한구석에 남아 있다.

시간이 흐른 지금도 문득문득 떠오른다.
'조금 더 현명한 선택을 했더라면…'

그때 연락을 하지 않았던 이유를
조금만 더 일찍 이야기했더라면,
혹은, 조금만 더 무리해서 조문을 갔더라면 어땠을까.

그 물음표는

시간이 지나도 사라지지 않는다.

그날의 선택이 옳았는지 그른지는

지금도 잘 모르겠다.

하지만 확실한 건,

그 선택은 아주 오래도록

내 마음에 작은 멍처럼 남았다는 것이다.

## · 닮아가는 시간

스무 살 초반,
여자친구와 헤어진 뒤,
한동안 많이 힘들었다.

계절은 어김없이 겨울이었고, 바람은 차가웠다.
왜 나의 이별은 늘 겨울일까.
그때의 나는,
혼자 마시는 술로 하루를 지우듯 살았다.

평소처럼 아르바이트를 마친 뒤
집 근처 포장마차에 앉았다.

"오늘도 김치찌개?"
"네, 늘 그걸로 주세요. 소주도요."
"한 병이면 돼?"
"일단은요. 아마 또 시킬 거예요."
뜨끈한 국물에 첫 잔을 넘기고 나니,

몸 안쪽이 서서히 풀리는 기분이었다.

"찌개 좀 탔지?"
"네, 졸았네요. 육수 좀… 부탁드릴게요."
"알았어. 그래도 오늘은 얼굴이 좀 괜찮아 보인다?"
"…그런가요. 그런 날도 있죠, 뭐."

초록빛 병이 테이블에 하나둘 늘어가는 동안,
나는 말없이 국물을 떠먹었다.
김치찌개는 다시 차올랐지만,
속은 여전히 텅 비어 있었다.

그때, 옆자리에 앉아
사천 원짜리 국수 한 그릇 앞에 두고
혼자 소주를 들이붓던 사람이 있었다.

고개를 들어보니,
어릴 적부터 알던 친구였다.
눈이 마주쳤지만,
우리는 어색한 미소만 나눴다.

어릴 땐 가끔 마주쳤지만,

서로 다른 무리에 섞이며

어느덧 우리 사이엔 약간의 거리가 생겨 버렸다.

혼자 술을 마시고 있긴 했지만,

굳이 말을 섞을 정도의 사이는 아니었다.


짧은 인사만 오간 그 순간은

아무 일도 없었다는 듯 지나갔지만,

묘하게 마음에 남았다.


그런데 며칠 뒤, 그 녀석에게서

다른 친구들과 술을 마시고 있다는 연락을 받았다.

마침 심심하던 나는 별생각 없이 나섰고,

그날은 꽤 늦은 시간까지 술을 마셨다.

"왜 혼자 마셨어?"

그 친구가 물었고,

나는 솔직하게 말했다.

여자친구와 헤어졌다고.

그러자 그도 웃으며 말했다.

"나도 똑같은 이유야."

그날 이후, 우린 자주 만났다.

낮엔 같이 운동하거나 게임을 하고, 밤이면 술을 마셨다.

좋아하는 것도, 취향도,

삶의 패턴도 묘하게 잘 맞았다.

일주일에 서너 번은 만났고,

도무지 친해지지 않을 방법이 없었다.


우리가 본격적으로 가까워질 무렵,

늘 장난기 가득하던 친구에게 전화가 왔다.

"아버지 돌아가셨어."


처음 듣는 친구의 떨리는 목소리에

나는 잠시 말을 잇지 못했다.

"조금만 기다려."

급히 옷을 입고 장례식장으로 향했다.


도착한 빈소엔 이미 몇몇 친구들이 와 있었다.

모두가 자신의 일처럼 움직이고 있었고

나도 자연스럽게 그 일원처럼 일을 도왔다.

누가 시킨 것도 아니고, 부탁받은 것도 아니었지만
우리는 음식을 나르고,
조문객을 안내하며 그 자리를 지켰다.
가족들도 고맙게 여겨주었고
덕분에 우리는 부담 없이,
묵묵히 그 자리를 채울 수 있었다.

조문객이 모두 돌아간 깊은 밤,
비로소 친구가 입을 열었다.
"그래도 산 사람은 살아야지 어쩌겠냐...."

그 짧은 한마디에
나는 덜컥, 울컥해 버렸다.
결국 주차장으로 나가 한참을 혼자 울었다.
내 가족의 장례식을 제외하고,
그렇게 울어본 적은 아마 처음이었던 것 같다.

조용한 밤공기,
속삭이듯 스친 한마디가 내 마음 깊이 내려앉았다.
그 여운은 쉽게 마르지 않았다.

한동안은 친구 생각이 자꾸 떠올랐다.

정확히 일주일 뒤,
장례를 마친 친구가 우리를 다시 불러냈다.
"다들 와줘서 고마웠다. 일까지 도와주고..."

그의 얼굴에는 피로가 겹겹이 내려앉아 있었다.
장례를 치른 사람에게만 보이는,
어딘가 멍한 눈빛이었달까.

어투는 담담했지만, 우린 모두 알 수 있었다.
아직 끝나지 않은 감정을, 혼자 버텨내고 있다는걸.

우리는 모두 아무 말 없이, 잔을 채우고 또 비웠다.
새벽을 지나 아침까지 술을 마셨고,
그날 이후 친구는 조금씩, 아주 천천히
다시 일상을 회복해 갔다.

운동을 다시 시작했고, 놓았던 일도 다시 붙잡았다.
그리고 새로운 사람과 연애를 시작하며

무너졌던 자리에서 천천히 일어날 준비를 했다.

그리고 우연처럼
그의 새 여자친구와 내 여자친구가 친해져
넷이 여행도 가고, 시간을 자주 보냈다.
지금은 모두 각자의 길을 걷고 있지만,
그때의 우리는 여전히 서로의 기억 속에 남아 있다.

시간이 흘러,
나는 친구의 가족과도 가까워졌다.
명절이면 어머니께 인사를 드리는 건
연례행사가 되었고, 호칭은 어느새 "엄마"가 되었다.

내가 첫 휴가를 나왔을 땐,
친구는 없고 엄마만 있었다.
그날은 엄마와 둘이 말없이 식당에 앉아 국밥을 먹었다.
한마디 말도 없었지만,
그 고요함이 오히려 마음을 느슨하게 풀어주었다.

어느 날은 누나랑 배달 음식을 시켜 먹었다.
치킨 무를 두고 유치하게 실랑이하다가,
결국 누가 양보했는지는 기억이 나지 않는다.

늦은 저녁, 친구가 퇴근해 들어왔다.
나는 거실에서 감자칩을 먹으며 TV를 보고 있었다.
그가 나를 보더니 툭, 한마디 했다.
"아, 있구나."

반가움도 놀람도 없던 그 말에 괜히 웃음이 났다.
원래부터 거기 있었던 사람처럼.
돌아왔단 말을 굳이 하지 않아도 되는 사이처럼.

이젠 집안일이 있을 때마다 연락이 온다.
이사를 한다거나, 김장을 한다거나.
그럴 때면 어이없고 웃기지만
결국 대부분의 일은 도와주고 있다.

다만 김장은 매번 거절한다.
절대 안 한다고 했는데,
친구는 아랑곳하지 않는다.

해마다 김장철이면 꼭 전화한다.
"엄마 혼자 하면 힘드니까, 와서 좀 도와라."
"엄마가 걱정되면 네가 해."

다음 김장 시즌엔
내가 먼저 전화해야지.

조금 모자라긴 해도 착한 놈이긴 하다.
물론 대부분은 미친놈같이 행동하지만.

문제는,
나도 그 미친놈과 너무 닮았다는 것.
참, 그게 제일 큰 문제다.

## · 밝아야만 하는 장례식

어려서부터 같이 놀던 무리 중
유난히 긍정적인 친구가 하나 있다.
나도 대체로 그런 편이긴 하지만
나보다 더한 녀석이다.

그렇다고 해서 남들에게 피해를 주는 타입은 아니다.
자기 인생을 즐기며 긍정적으로 살아가는,
어디로 튈지 몰라 흥미로운 사람.

그런 그와 나는 제법 깊은 인연을 맺고 있다.
내 인생이 영화라면,
매 장면에 빠지지 않고 등장하는 주연급의 등장인물.

처음 만난 건 중학생 때였다.
같은 반은 아니었지만,
운동과 게임이라는 공동 관심사 덕분에
자연스럽게 붙어 다니게 됐다.

고등학교는 갈라졌지만
방과 후면 늘 같이 운동하고 게임을 했다.

목표는 달랐지만, 일상의 대부분을 함께했다.
결국 우리는 사이좋게
둘 다 원하는 대학에 가지 못했다.
공부보다 노는 게 더 좋았던 결과다.

'그때 PC방이 아니라 독서실을 갔어야 했는데.'
성인이 되어서도 인연은 계속됐다.
같은 아르바이트 자리에,
그것도 우연처럼 마주친 것이다.

입대를 위해 휴학한 나는
집 근처에서 아르바이트를 구하고 있었고,
그곳에 이미 친구가 먼저 일하고 있었다.

당시 구직이 쉽지 않았는데
친구의 좋은 평 덕분에
형식적인 면접만 보고 바로 합격했다.

일을 함께하다 보니,

늘 엉뚱하게만 보였던 그가

생각보다 책임감 있는 사람이란 걸 알게 됐다.


내가 실수하면

티도 안 나게 조용히 뒷수습을 해줬다.

뭐라 말하지도 않고, 그냥 묵묵히.


'생각보다 괜찮은 놈이네.'

나도 모르게, 혼잣말이 새어 나왔다.


시간이 흐른 우리는 각자의 길을 걷게 되었다.

나는 아르바이트를 그만두고, 친구는 유학길에 올랐다.

각자 다른 삶을 살게 된 그 시간 속에서,

우리는 자연스레 연락이 뜸해졌다.


부슬부슬 비가 내리던 가을.

오랜만에 친구에게 전화가 왔다.

"며칠 전에 한국 들어왔어. 지금 집에 있어."

외국에 있을 친구가 한국에 있다고 하니 당황스러웠다.
무슨 일이 생긴 건 아닐까 싶어 물었더니,
코로나 때문에 잠시 들어온 거라고 했다.
"곧 다시 나갈 거야. 걱정 마."

하지만 그 말은 현실이 되지 않았다.
나중에 들은 이야기지만,
사실은 아버지 건강이 안 좋아져
급히 귀국했던 것이었다.

일주일 뒤,
그 친구에게 다시 연락이 왔다.

"아버지 돌아가셨어.
정신이 없어서 그런데,
친구들한테 좀 연락해 줄 수 있을까?"

나는 잠시 멈칫했지만,
곧 마음을 가다듬고 대답했다.
"알겠어. 무리하지 말고, 더 필요한 게 있으면 언제든 말해."
친구는 고맙다는 말과 함께 전화를 끊었고,
나는 바로 빈소로 출발했다.


누구보다 빠르게 도착한 빈소엔,
아직 친구도, 가족들도 도착하지 않았다.
당황해 전화를 걸자 친구는 웃으며 말했다.
"네가 너무 빨리 왔어."


전화를 끊은 나는
장례식장 입구에 가만히 앉아 그를 기다렸다.
20분쯤 지났을까,
검은 옷을 입은 친구와 가족들이 도착했다.
나는 자리에서 일어나 가장 먼저 조문을 드렸다.


이후엔 조문객을 맞을 준비를 도우며
그의 친척들이 도착하기 전까지,
조용히 자리를 지켰다.
부족한 마음이었지만
슬픔의 자리를 함께 정돈해 나갔다.

그 순간은 내게도 귀중한 경험이었다.
힘든 친구 곁을 지킬 수 있었고,
몇 해 뒤 내 가족의 장례식에서도
당황하지 않을 수 있었다.

조문객이 도착하기 전,
친구는 내 옆에서 이런저런 이야기를 했다.
가볍게 웃기도 하고, 장난도 쳤다.
나는 너무 크게 웃지 말라며
조심스럽게 눈치를 줬다.

그때 친구는 말했다.
"난 장례식이 너무 조용한 게 오히려 이상하게 느껴져.
아마 우리 아빠도 밝은 분위기를 더 좋아하실 거야."

그 말이 끝나자마자 친구는 잠시 고개를 숙였고,
나는 괜히 말을 아꼈다.
조금 전까지 웃고 있던 그는
미세하게 어깨를 떨며, 참아왔던 눈물을 흘렸다.
밝은 표정 뒤에 쌓여 있던 진짜 감정이 터져 나왔다.

함께한 15년 넘는 시간 동안
그 친구의 눈물을 처음 마주한 순간이었다.
그 모습이 더 슬펐다.
차라리 처음부터 울었으면
이렇게 마음이 아프지는 않았을 텐데.

그 순간, 나도 목이 메었다.
어떤 위로도 부족할 것 같아서
그저 가만히 옆에 있어 주는 수밖에 없었다.

친척들이 도착하면서,
그가 조금씩 진정되는 것 같았다.
나는 조용히 인사를 전하고 빈소를 나섰다.
떠나며 뒤돌아본 그의 얼굴엔
여전히 눈물의 자국이 남아 있었다.

밝아야만 했던 장례식.
그 미소 뒤에는,
끝내 숨길 수 없는 눈물이 있었다.

## · 우린 아직 친구일까?

시간이 흐르며
자연스레 멀어지는 관계가 있다.

가까웠던 시절이 무색하게
연락은 점점 뜸해지고,
슬쩍 돌아보면 이미 낯설어진 그런 사이.

크게 다툰 것도 아닌데,
조금씩 달라진 삶의 결이 만든 거리에,
어느 순간, 아무 말 없이 멈춰버린 관계.

그저 자연스럽게 멀어졌을 뿐인데도
괜히 마음 어딘가가 쓸쓸해지는 인연.

그런 이별들을 숱하게 겪어 왔지만,
멀어졌다고 다 잊히는 건 아니었다.
그들은 여전히 마음속 어딘가에 남아 있었다.

어느 계절엔, 불쑥 떠오르던 얼굴이 있었고,
또 어떤 날은, 잊힌 줄만 알았던 사람에게서
갑작스레 부고장이 날아들기도 했다.

그럴 때마다 나는 스스로에게 묻는다.
'이 관계에서 내가 조문을 가는 게 맞을까?'
하지만 결국 마음은 같은 곳을 향했다.
어느 쪽이 후회가 덜할까.
언제나 그 질문 끝엔
'가는 편이 낫다'는 답이 남는다.

조문은 어떤 관계의 끝을
조용히 정리해 주기도 하고,
뜻밖의 시작이 되기도 하니까.

한때 정말 가까웠던 친구가 있다.

함께 어울려 웃고,
여럿이 모이는 자리에선 늘 옆자리에 앉곤 했다.
대단한 추억이 있는 건 아니지만,

편했고, 익숙했다.

하지만 시간이 지나며
서로의 삶은 조금씩 달라졌고,
자연스레 연락은 줄어들었다.

연락이 끊겨도 어색하지 않았고,
굳이 보고 싶지도 않던 사이가 되었다.

그렇게 멀어지게 된 건,
특별한 이유가 없었기에 더 덤덤했다.

그 묘한 거리감은
시간이 흐를수록 또렷해졌고,
결국 우린 길에서 우연히 마주칠 때만
반가운 척 웃으며 인사만 나누는 사이가 되었다.

가까웠던 기억은 희미해지고,
자연스럽게 멀어진 관계만 남았다.

그러던 어느 날.

학창 시절 친했던 친구에게서
그의 어머니가 오랜 병원 생활 끝에
세상을 떠났다는 연락이 왔다.

평소 건강이 좋지 않으셨던 걸 알기에
놀랍진 않았지만, 마음이 무거워졌다.

소식을 듣자마자
차가운 겨울밤을 뚫고 장례식장으로 향했다.

도착한 시각은 제법 늦은 밤.
빈소엔 소수의 친구들만 남아 있었고,
분위기는 의외로 차분하고 담담했다.

빈소에서 마주한 그는
지인들과 웃으며 대화를 나누고 있었다.
크게 무너져 있지 않아 다행이라는 생각이 들었다.

나는 어머니께 인사를 드리고,
남아 있던 친구들과 밥을 먹으며
소소한 이야기를 나눴다.

몇 년 만에,
그것도 장례식장에서 마주한 탓인지
우리 사이엔 어색함이 살짝 떠 있었다.
약간의 눈치를 보며 짧은 인사를 주고받았다.

'혹시 필요한 거 있으면 연락해.'
작별 인사처럼 건넨 말을 끝으로
나는 장례식장을 빠져나왔다.

친구는 말없이 나를 따라 나왔다.
건물 입구에 함께 멈춰 선 그는
잠시 머뭇거리더니, 조심스레 말을 꺼냈다.

"고맙긴 한데, 네가 올 줄은 몰랐어.
솔직히... 우리, 그렇게까지 친한 사이였나?"

순간 당황했지만,
그 말투엔 거리낌도, 악의도 없었다.
그저 솔직하고 조금은 쑥스러운 질문.

나는 웃으며 대답했다.
"친구인데, 당연히 와야지."

그는 멋쩍게 웃으며 말했다.
사실 자긴, 그냥 지인쯤으로만 생각하고 있었다고.

괜찮았다.
오히려 그 솔직함이 고마웠다.

"뭐, 이제부터라도 친구 맞는 걸로 하자.
앞으로 좋은 일, 힘든 일 있으면
오늘처럼 얼굴 보고 살자."

그날 이후,
우리는 천천히 다시 가까워지기 시작했다.

가끔 안부를 묻고,

밥을 먹고,

생각나면 연락을 주고받는 사이.

어색했던 거리감은

시간을 타고 자연스럽게 옅어졌다.

얼마 전,

그는 여행 다녀오는 길에

우리 할머니, 할아버지를 위해

유명한 빵을 사다 주기도 했다.

"맛있더라. 다음엔 내 것도 좀 더 사 와라."

멀어진 줄로만 알았던 친구가,

다시 가까워질 줄은 몰랐다.

그 시작이

장례식이라는 게 조금은 씁쓸하지만,

만남은 언제나

죽음만큼 예상치 못한 순간에 찾아온다.

## · 익살 너머의 깊은 울림

군 복무 시절,
오래도록 마음에 남을 인연들을 여럿 만났다.
그중 한 사람은, 시간이 흐른 지금도 불쑥 떠오른다.

처음 그를 만났을 땐,
그저 밝고 장난기 많은 동기라고만 생각했다.
하지만 시간이 쌓이면서,
그는 어느새 동네 형처럼 편안한 존재가 되었다.

어느 날 저녁,
밥을 먹으며 동네 이야기를 나누던 중,
전혀 다른 지역에서 만난 우리가
사실은 '차로 5분' 거리의 이웃이었다는 사실을 알게
되었다.

"세상, 정말 좁다."

서로를 바라보며 웃던 그날 이후,
우리는 조금 더 자연스럽게 서로를 챙겼다.

전역 후에도 연락은 끊기지 않았다.
가까운 거리였지만, 신기하게도 만나진 않았다.
너무 가까운 게 오히려 발목을 잡았던 걸까.
'언제든 볼 수 있다'는 착각이,
서로를 자꾸 미루게 만들었다.
그저 마음만으로도 충분하다고 믿었던 것 같다.

그런 우리에게,
선선한 바람에 마음이 일렁이던 어느 오후,
우연처럼, 재회가 찾아왔다.
반가움은 늦었고, 얼떨떨함이 먼저였고,
마음은 끝내 입술을 넘지 못했다.

평소처럼 일에 몰두하던 오후,
핸드폰이 묵직한 진동을 울렸다.
문자 알림 하나.
별생각 없이 열어본 순간,

손에 쥔 휴대폰이 한없이 무겁게 느껴졌다.

형 어머니의 부고장이었다.

눈앞이 뿌옇게 흐려졌다.
마음 안쪽부터 서서히 타들어 가는 기분이었다.
평소 밝고 익살스럽던 그의 말투는
그날따라 유독 쓸쓸하고 낯설게 다가왔다.

군 동기들에게 조심스레 연락을 돌렸다.
단체 채팅방은 무겁게 침묵했다.
한참을 그렇게 머물던 끝에, 누군가 조용히 말했다.
"퇴근하고 바로 갈게."
우리는 말 대신 약속을 잡았다.

밤이 깊어 장례식장에 도착했다.
문을 열자,
차가운 공기와 눌린 듯한 침묵이 온몸을 감쌌다.

그 틈을 가르고 지친 눈빛의 형이 다가왔다.

억지로 미소를 지었지만,

그의 눈가에는 견딘 시간들이 고스란히 매달려 있었다.

가까이 다가간 나는 조심스럽게 그의 어깨를 두드렸다.

"형, 괜찮아?"

"괜찮아, 괜찮아. 와 줘서 고마워."

애써 꺼낸 그의 목소리는 미세하게 떨렸다.

입술을 꾹 깨문 채,

쏟아질 것 같은 감정을 힘겹게 눌러 삼키고 있었다.

우리는 조용히 헌화하고 절을 올렸다.

사진 속 그의 어머니는

고요하고 평온한 얼굴로 우리를 바라보고 있었다.

장례식장 한편에는

깊게 꺼진 눈빛을 지닌 그의 아버지가 있었다.

아버지는 말없이 고개를 숙이며 하나하나 조문객을

맞이했다.

어머니의 마지막을 배웅하는 이들에게 감사를 전할
뿐이었다.

조문을 마치고 돌아서는 길
갑자기 밀려온 후회가 발걸음을 무겁게 했다.
'진작에 얼굴 좀 볼 걸.'
'어머니 살아계실 때 한 번이라도 인사드릴걸.'
가까이에, 늘 곁에 있을 거라 믿었던 사람도
어느 순간, 불쑥 멀어질 수 있다는 걸
다시 한번 깊이 깨달았다.

그리고 '다음에 보자'라는 말이
때로 얼마나 무책임한 약속이 될 수 있는지도.

그날 이후
나는 가까운 사람들에게
조금 더 자주 안부를 묻기로 마음먹었다.

그러나 며칠이 지나도,
그날의 장면은 나를 떠나지 않았다.
떨리는 손끝으로 아버지의 어깨를 감싸던 아들.

나는 괜히 SNS를 뒤적이며,
그가 잘 지내고 있는지 확인하곤 했다.
그의 계정을 열어놓은 채
한참을 멍하니 화면만 바라보던 밤도 있었다.
변화라 할 것도 없는 조용한 일상 사진들은
그 침묵 속에도 무언가 말하고 있는 것 같았다.

일상은 다시 흐르기 시작했지만,
그는 예전과는 조금 달라져 있었다.

늘 친구들과 어울리기 바빴던 그가,
이젠 쉬는 날마다 아버지와 시간을 보냈다.
저녁이면 둘이 밥을 먹고,
주말이면 드라이브를 다녔다.
어느새 그의 일상에는
'아버지'라는 취미가 생긴 듯했다.

어느 날,

그의 SNS에 사진이 올라왔다.

형과 아버지, 그리고 처음 보는 누군가.

사진 속 그는, 특유의 해사한 웃음을 지으며

늦게 찾아온 평온을 품고 있었다.


궁금함에 메시지를 보냈다.

"누구야?"

잠시 후 도착한 짧은 답장.

"소꿉친구."


친구와 가려던 여행에

아버지를 함께 모신 건지,

아버지와 가려던 여행에

소꿉친구가 따라간 건지.

알 수는 없지만,

사진은 충분히 따뜻했다.

문자를 주고받던 끝에
나는 결국 전화를 걸었다.
그리고 조심스럽게 이어진 대화.

"우리 어머니 돌아가시고 나서 제일 후회됐던 게 뭔지 아냐?"
"뭔데?"
"같이 보낸 시간이 너무 짧았다는 거야.
진짜 가까운 가족일수록 늘 곁에 있을 거라고 착각하거든."

담백하지만 깊게 파고드는 그의 말에
나는 아무 말도 하지 못했다.
"너도 할머니, 할아버지랑 여행 한 번 다녀와. 아직 늦지 않았을 때."

처음엔 그냥 흘려들을 뻔했다.
바쁘다는 핑계로, 익숙하다는 이유로.
하지만 이상하게도 그 말이
마음 한구석에 오래도록 남았다.

어쩐지 할머니와 할아버지를 바라보는 눈길도 전보
다 오래 머물렀다.

결국 두 달 후,
할머니, 할아버지를 모시고 강원도로 떠났다.
시간도 여유도 넉넉하진 않았지만,
마음 한구석에 오래 남아있던 그의 말을 따라
용기 내어 떠난 여행이었다.

여행을 마치고 집으로 돌아오는 길,
나는 형이 했던 말의 의미를 온전히 이해할 수 있었다.
그 시간들은 내게도 오래도록
마음을 데우는 기억이 되었다.

남들은 그를,
그저 장난기 많은 사람이라 기억할지 모르지만,
내게 그는,
눈보라 속에서도 꿋꿋이 버텨주는
한 그루 나무였고,
슬픔에 젖은 마음 위에 가만히 내려앉는

따스한 꽃잎이었다.

언제나 한결같이,
말없이 그 자리에 머물던 사람.
아프고 흔들릴 때마다,
그 존재가 의도치 않은 따스함으로,
마음 한구석이 조용히 데워지던 그런 사람이었다.

# 4부 : 그럼에도 불구하고

## · 예의로 가고, 태도로 남는다

대학을 졸업하고 사회에 나와 일을 하면서도
몇 번의 부고장을 받아본 적이 있다.

동료의 부모님이 돌아가셨다는 소식엔
'조문은 당연하지'라고 생각하면서도,
막상 부고를 마주하면 망설여질 때가 있었다.

'관계의 깊이에 따라 조문도 달라져야 할까?'
그땐 조문에 대한 나만의 기준이 없었기에
더욱 애매했다.

'경사보다 조사를 더 챙겨야 한다',
'조사는 찝찝하면 가는 게 맞다'
그런 말들의 의미를
온전히 이해하지 못했던 시절이었다.

이번에 이야기할 장례식은,
지금까지와는 조금은 다른 감정을 느꼈던 경험이다.
정확히 말하면,
다녀왔지만 마음이 더 복잡해졌던 순간들.

첫 번째는
내가 첫 회사에 다니고 있을 때의 일이다.

나보다 나이는 많았지만
내 '후배'로 입사한 사람이 있었다.
마침 내가 퇴사 시기를 조율하던 참이었고,
그는 나에게 인수인계를 받게 되었다.

적극적인 사람이었다.
내가 쉬는 날에도 연락해
일을 물어올 만큼 열정이 넘쳤다.

처음엔 부담스러웠지만
회사에 나를 대신할 사람이라 생각하니
도움이 되고 싶었다.

그런데, 시간이 흐르자
그의 이면이 보이기 시작했다.

겉으로는 예의를 갖췄지만,
뒤에서는 내 험담을 하고 다닌다는 걸 알게 됐다.
마치 자신의 부족함을 나에게 전가하듯이.

그런 사실을 알고 나니
그와 더 이상 잘 지낼 이유가 사라져 버렸다.
곧 퇴사할 사람이었던 나는 솔직하게 말했다.
"그만 좀 하자. 창피하지도 않냐."
그 후 우리는 어색하게 멀어졌다.

그러던 어느 날,
그에게 새벽 문자 한 통이 왔다.
어머니가 돌아가셨다는 부고.
비록 사이가 편하진 않았지만,
그의 상심이 아프게 느껴졌다.
직접 조문을 가지는 않았지만,
장례 기간 내내 마음을 썼다.

문자로 따뜻한 말을 전했고,

그의 부재가 불편하지 않도록 애썼다.

장례가 끝난 후에도 그를 향해 조금 더 마음을 열었다.

사람 마음이 그렇듯,

나도 그가 내 마음을 느꼈기를 바랐다.

짧은 인사 한마디라도,

그 진심이 전해졌다면 좋겠다고 생각했다.

그런데 그가 회사로 돌아온 뒤,

내게 들려준 첫마디는 감사 인사가 아니었다.

"그래도 어머니가 남긴 재산이 꽤 돼서 다행이다"

충격적이었다.

그 말은 마치 찬물처럼,

내 마음을 조용히 식혀버렸다.

그 나름의 방식으로 슬픔을 이겨내고 있었던 걸까.

아니면, 원래 그런 사람이었던 걸까.

나는 말없이 그와의 인연을 정리했다.

비슷한 일은,
내가 이직한 다음 회사에서도 있었다.

같은 부서의 선배가 있었다.
그는 일을 잘하긴 했지만
일하는 스타일이 나와 달라
가끔씩 부딪히곤 했다.

업무적으로 맞지 않는다는 건 알았지만,
그 이상으로 거리감이 생기고 있었다.
퇴근 후 그를 마주치면,
나도 모르게 인사를 피하게 됐다.
괜히 피곤해지고 싶지 않았기 때문이다.

그러던 어느 날,
그 선배의 어머니가 돌아가셨다는 소식을 들었다.

부끄럽지만 잠시 고민했다.
'가야 하나…?'

평소에 사이가 좋지 않았기 때문이다.
하지만 결국,
그건 핑계라는 걸 스스로 알았기에,
조용히 조문을 다녀왔다.

이른 아침,
장례식장엔 나 말고 조문객이 없었다.
선배는 나를 보자
놀란 듯한 표정을 지었다.
"네가… 올 줄은 몰랐네."

고마워서인지,
불편해서인지,
그의 표정을 읽을 수 없었다.

그는 바쁘다며
금세 나를 내보냈고,
나는 몇 마디 위로의 말과 함께 자리를 떴다.

장례식이 끝난 후,
선배는 빈소를 찾아와 준 직원들에게
하나하나 감사 인사를 전했다.
하지만 나에게는 끝내 아무 말도 없었다.

그의 표정과 행동이,
어쩌면 그날 내게 건넨 마지막 메시지였던 것 같다.
'굳이 안 와도 됐는데…'

그의 얼굴이 떠오른 건,
내 가족의 장례식이 끝난 어느 날이었다.
그날, 그는 오지 않았다.

그제야 알 것 같았다.
그날의 표정은,
'굳이 안 와도 됐는데'였다는 걸.

'괜히 갔다'는 말이
장례식과 어울리는 말인지는 모르겠다.
가지 못해도, 다녀와도,

결국 남는 건 마음의 진심이니까.

그럼에도 나는,

그 순간마다 내 마음을 다한 선택이었다고 믿는다.

조문은 단순한 의례가 아니다.

오는 예의도 중요하지만,

그 예의를 받아들이는 태도는 더 중요하다.

그리고 결국,

그 모든 감정은 사람 사이의 무게로 남는다.

## · 멀리서 전하는 애도

나는 전화를 잘 받는 편이다.
잠을 자고 있을 때도,
웬만해선 몸이 먼저 반응한다.

조건은 두 가지.
하나는 핸드폰이 몸 가까이에 있을 것,
다른 하나는 꼭 진동일 것.

벨 소리는 잘 들리지 않는다.
그래서 핸드폰은 늘 베개 옆에 둔다.

혹시라도 급한 일이 생겼는데
내가 전화를 받지 못해
누군가가 곤란해지는 상황이 싫었다.

나는 여전히 마음이 불편한 것보단,
몸이 불편한 게 낫다고 생각한다.

어느 날,

고된 하루를 마치고 깊이 잠들어 있던 새벽.

진동 소리에 눈이 떠졌다.

습관처럼,

누구인지도 확인하지 않은 채 전화를 받았다.

…익숙한 목소리.

헤어진 여자친구였다.

순간, '술 마셨구나' 싶어 전화를 끊으려던 찰나,

그녀는 울먹이며 말했다.

"우리… 엄마가… 돌아가셨어…"

잠이 덜 깬 새벽,

헤어진 그녀가 전한 부고는

마음 깊이 혼란을 남겼다.

그녀에게는 당황스러운 현실이었을 것이다.

위로받고 싶었던 마음이,

가장 익숙했던 내게 향했을 것이다.

오랜 시간 함께한 나라는 사람의 특성을,
그녀는 누구보다 잘 알고 있었을 테니까.

나는 정신을 추스르며 상황부터 물었다.
당장 내가 할 수 있는 일은 없었고,
우선 집으로 돌아가 쉬라고 말했다.
내일 다시 이야기하자는 나에게 그녀는,
처음 겪는 일이라며 어떻게 해야 할지 모르겠다고 했다.

다른 가족들이 있을 텐데도,
내게 전화한 이유가 그저 불안해서였을까.
혼자서 감당할 수 없었던 감정을
내게 꺼내놓았던 것은 아닐까.

이른 아침,
눈을 뜨자마자
새벽의 그 전화가 떠올랐다.

헤어진 사람이 전한 부고 소식은,
나름대로 마음이 무거운 일이었다.

장례식장은 잡았는지,
주변에 알렸는지 물었다.

장례식장은 잡았지만
아직 지인들에게는 소식이 전해지지 않았다고 했다.

그래서 가까운 친구들에게
내가 대신 연락을 돌려주겠다고 했고,
부고 소식을 알린 후 그녀에게 전화를 걸었다.

"상 잘 치르고, 마음도 잘 추스르길 바랄게."

내 역할은 거기까지였다.
결국 나는 빈소에 가지 않았다.
하지만 나보다 한참 어린
그녀의 여동생이 마음에 걸렸다.

이제는 남겨진 이의 막막함을 조금은 알 것 같았다.
그래서 따로 연락해 소액의 용돈을 건넸다.
그게, 내가 할 수 있는 최선이었다.

며칠 뒤 개인 일정을 소화하던 중,
우연히 그녀의 가족들을 마주쳤다.
나는 당황한 기색을 감추며 짧은 인사를 건넸다.
"일이 너무 바빠서 못 갔습니다. 죄송해요."

물론, 거짓말이었다.
하지만 이미 내 속을 알고 계신 듯한 어른들은
오히려, 신경 써줘서 고맙다고 말씀해 주셨다.

그 이후로
그녀와도, 그녀의 가족과도 연락한 적은 없다.
그럼에도 나는 내 선택을 후회하지 않는다.

사람마다 애도의 방법은 다르다.
어떤 이는 몸을,
어떤 이는 마음을 보내며 고인을 기린다.

죽음 앞에 선 도리는,
꼭 장례식장에 가는 것만이 전부는 아니다.
나는 나만의 방법으로 고인을 추모했고,
떠난 이의 빈자리에 진심을 담아
마지막 인사를 보냈다.

그것이면 충분하다.

## 5부 : 돌아보니

· 바람에 실려 간

· 늙은 아들

· 이제, 눈 감으실 시간입니다.

· 102년의 이야기, 이제는 기억으로

· 빠른 등기로 부탁드립니다.

## · 바람에 실려 간

나는 어머니 없이 자랐다.
하지만 외롭지는 않았다.

비록 한부모 가정이었지만
늘 내 곁엔 묵묵히 살아가는 아버지,
자상한 할아버지와 다정한 할머니,
그리고 나를 유독 예뻐해 주시던 증조할머니가 있었다.

나는 증조할머니를 '왕할매'라고 불렀다.
지금도, 그 이름이 제일 익숙하다.

어릴 적 왕할매는
내게 분유 대신 미숫가루를 타 주셨다.
그래서인지 지금도 카페에 가면
자연스럽게 미숫가루를 먼저 찾는다.
고소한 맛은 어느새 습관이 되어버렸다.

학창 시절,
학교가 끝나면 사탕 한 봉지와 요구르트 하나를 들고
왕할매 방에 들러 민화투를 치는 게 일상이었다.
그때 내가 할 수 있던 '효도'는
고작 그런 것들이었다.

대학생이 되어 집에 있을 때면,
왕할매는 하루에도 몇 번씩 물으셨다.
"오늘은 학교 안 가냐?"

지금 생각하면,
그때부터 치매가 시작됐던 것 같다.
그럼에도 나를 보면 걱정부터 하셨다.

군대에서 휴가를 나오는 날이면
창문 밖으로 나를 기다리셨다.

사회에 첫발을 내디뎠을 시절,
힘든 일이 생기면 왕할매 품에 안겨
잠시 아이로 돌아가곤 했다.

그녀는 내가 마지막으로 기대어 울 수 있던 따스함이
었다.

하지만 내가 자란 만큼,
왕할매도 점점 늙어가고 있었다.
치매는 깊어졌고, 거동도 어려워졌다.

결국 그녀는 나를 잊어갔다.

어느 날,
숟가락을 들고 있던 왕할매가
내 얼굴을 보며 물었다.
"누군데 우리 집에서 밥을 먹고 있냐?"

웃으며 넘기려 했지만,
왕할매의 표정은 진지했다.
나는 당황해 손을 잡고 말했다.
"나야. 나, 손자."

하지만 왕할매의 눈빛엔
여전히 의문이 가득했다.

그날 밤, 나는
아무 말 없이 방에 들어가
이불을 뒤집어쓰고 울었다.

왕할매가 나를 몰라봤다는 사실이 두려웠던 것보다,
그때의 시간이 영원히 돌아오지 않을 것 같다는
공허함이 더 크게 느껴졌다.

다른 친척들은 몰라도
나만큼은 알아봐 주실 줄 알았는데.

처음으로 왕할매가 나를 알아보지 못한 날,
내가 왕할매 기억 속에서
강제로 쫓겨나는 것만 같은 느낌을 받았다.

그날 이후,

나는 매일 왕할매를 찾아가 '내가 누구야?'라고 물었다.

대답을 듣지 못할 때가 더 많았지만

그녀의 기억에서 머무르려는 발버둥을 멈추고 싶진

않았다.

그 무렵,

할머니와 할아버지도 이미 80세를 넘기고 있었다.

왕할매를 계속 집에서 모시기는 현실적으로 어려웠다.

결국 가족회의 끝에

요양병원으로 모시기로 했다.

왕할매를 병원에 모신 날,

할머니와 할아버지는 말없이 한참을 앉아 있었다.

시간이 흘러

왕할매의 치매는 더 깊어졌다.

끝내 모든 가족들의 얼굴을 잊으셨다.

그럼에도 딱 두 사람만 빼고.

바로 할머니와 할아버지.

50년을 넘게 함께한 두 분을
왕할매는 끝까지 알아보셨다.

두 분은 코로나 시기에도,
매번 검사를 받으며 그녀의 곁을 지켰다.
서로를 기억하려 애쓰며,
늘 같은 질문과 같은 대답을 나누었다.

"엄마, 나 누구요?"
"매누리."
"이짝은?"
"큰아들."

변치 않는 그 말들이,
마지막까지 서로의 마음을 이어준 것 같다.

그렇게 1년이 지난 어느 날 아침,
할아버지의 핸드폰으로 전화가 왔다.

할아버지는 천천히 숨을 내쉬며 말했다.
"왕할매... 이제 숨을 안 쉰대."
아직 출근한 의사가 없어,
사망 판정은 나지 않았지만
이미 아무 의미 없는 절차였다.

우리는 곧바로 병원으로 향했고,
택시 안은 할아버지의 울음으로 가득 찼다.

병원에 도착하자마자
할머니와 할아버지는 먼저 병실로 들어가고
나는 간호사와 함께 상황을 정리했다.

오전 8시 30분.
출근한 의사는,
차가운 목소리로 왕할매의 사망을 선언했다.

그녀는 마치 깊은 잠에 빠져들듯,
조용히, 너무나도 평화롭게 떠나셨다.
코로나 방침에 따라,

마지막 숨결조차, 나는 지킬 수 없었다.

그녀의 마지막 목소리는 내게 닿지 않았고,

그 빈자리는 공허하게 퍼져갔다.

'마지막으로 왕할매가 내 이름을 불렀던 게 언제였더라.'

쉰 듯하지만 따뜻했던 목소리.

"우리 강아지 왔는가."

하며 반갑게 웃던 그 얼굴.

어떻게든 기억하려 애썼지만, 자꾸만 멀어졌다.

마치 손을 뻗으면 닿을 듯한 꿈처럼.

나는 급히 회사에 연락하고 가족들에게 전화를 돌렸다.

한 시간이 채 지나기도 전에 가족들은 모두 모였고

장례는 내가 주도해서 진행하기로 했다.

이제는 나의 전부였던,

누군가를 보내야 하는 순간이 찾아왔다.

그렇게,

인생 처음으로

내 가족의 장례식이 시작되었다.

## · 늙은 아들

장례가 시작되기 전,
할아버지가 미리 가입해 두셨던 상조를 통해
장례지도사님과 연락을 주고받았다.

필요한 서류 목록이 정리됐고,
나는 아버지께 영정 사진과 서류를 부탁한 뒤
곧바로 장례식장을 예약했다.

처음 내 손으로 장례를 치르게 되니,
모든 것이 낯설고 정신이 없었다.
무엇부터 해야 할지 몰랐다.

그동안 조문객으로만 참석했던
그간의 장례식과는
분위기도, 마음가짐도 전혀 달랐다.

상주가 되자 할 일은 끝도 없었고
시간은 내가 감정을 느끼는 것을 허락하지 않았다.
영정 사진, 부고장, 조문객 응대까지,
손이 쉬어갈 틈이 없었다.

몸이 바쁠수록,
오히려 마음은 멍해졌다.
모든 게 현실이 아닌 것만 같았다.

장례가 시작되자,
늘 장난기 많고 밝기만 했던 우리 가족은 침묵했다.
조용히 고개를 숙인 채, 그 누구도 입을 열지 않았다.
아직 그녀의 죽음을
실감하지 못한 얼굴들이었다.

그때, 정적을 깨는 목소리가 들려왔다.
"다들 왜 그래."

할아버지의 동생이었다.
모두가 침묵한 채 앉아 있을 때,

그는 일부러 더 밝은 목소리로 말했다.
"우리가 이렇게 울기만 하면, 엄마가 좋아하시겠냐.
호상이잖아. 우리, 원래처럼 하자."

모두가 그를 바라봤고
하나둘씩 고개를 끄덕였다.

맞는 말이었다.
왕할매도 우리가 웃는 걸 좋아하셨으니까.

무겁던 빈소의 분위기는 조금씩 바뀌기 시작했다.
조심스럽게 밥을 챙기고,
조문객을 맞을 준비를 시작했다.

저녁이 되자
친척들, 할머니와 할아버지의 친구들,
그리고 아버지의 지인들까지
많은 이들이 찾아왔다.

우리는 인사할 땐 정중하고,
식사 자리에선 밝게 대화를 나눴다.

왕할매가 좋아하실 분위기라고 생각했다.
그래서 슬퍼도 울지 않으려 애썼다.
혹여 내가 울면, 왕할매가 걱정할 것 같아서.

조문객이 빠져나간 뒤에야,
가족들은 늦은 저녁 식사를 하며
정신없는 하루를 정리했다.

아버지와 작은아버지들은 장례식장에서 잠을 잤고,
고모들은 할머니와 할아버지를 집으로 모셨다.

나 역시 두 분을 집에 모셔다드리고
짧은 잠을 청했다.
다음 날, 다시 장례식장으로 향해야 했으니까.

그렇게 실감 나지 않던
첫째 날이 끝났다.

그날 가장 선명하게 남은 건
영정 사진을 바라보던
우리 할아버지의 모습이었다.
평생 장손이자 가장으로 살아오신 분.
어릴 때부터 동생들을 돌보며
어리광 한번 제대로 부리지 못한 분.

그런 할아버지가
말없이,
왕할매의 사진 앞에 서서

조용히, 아주 작게 말했다.
"엄마…"
다시 한번. 더 작게.
"…엄마."

할아버지가 태어난 이후
처음 내뱉은 '엄마'라는 단어는
왕할매가 이 세상에서
들었을 마지막 단어가 되었다.

단단했던 할아버지의 어깨는
엄마의 죽음 앞에 무너져 내렸다.
입술을 깨물고 참으려 애썼지만,
결국 눈물이 흘렀다.

그 순간,
장손도 가장도 아닌,
그저 엄마의 아들로 돌아간 할아버지가
너무 작고 연약해 보였다.
나는 다가가
조용히 할아버지의 손을 꼭 잡았다.

그는 내 손을 꼭 쥐고,
말없이 흐르는 눈물에 모든 감정을 담았다.
그 눈물은 말로 다 하지 못한 슬픔의 전부였다.

## · 이제, 눈 감으실 시간입니다

2일 차가 되었다.
잠은 고작 3~4시간.
정리해야 할 일이 많아 오래 잘 수 없었다.

첫날보다 조금 서둘러 준비한 그날은,
입관식이 예정되어 있었다.

이른 아침, 빈소에 도착했을 땐
아직 조문객이 없었다.

그제야 어렴풋이 알 것 같았다.
입관식이 진행되는 시간대의 의미를.
아마 조문객이 드문 틈,
슬픔이 충분히 흐를 수 있도록 배려한 시간이겠지.

입관 전,
고인을 마지막으로 확인하는 절차가 있다.
그 역할은 아버지가 맡으셨다.

잠시 뒤,
먼저 왕할매를 만나고 온 아버지는
애써 목소리를 가다듬고 말했다.
"아직… 눈을 못 감고 계시더라."
그래서 아버지가 눈을 감겨드리고 왔다고.

그 말을 들은 장례지도사님은
"아마 마음에 걸리는 게 있어서 그러신 것 같다"고 했다.

'왕할매는 무엇이 그리 마음에 걸리셨을까.'

깊이 생각할 틈도 없이
입관식에 참석하기 위해 가족들이 하나둘 모여들었다.
총 20명.
대가족이라 인원이 많았다.

장례지도사님은 미리 당부하셨다.
연로하신 분들 곁엔
반드시 누군가 함께 있어야 한다고.
슬픔이 갑자기 밀려올 때,
혼자 감당하게 두어선 안 된다고.

드디어, 그리운 왕할매를 만나러 갔다.

왕할매의 얼굴을 보는 순간,
참았던 눈물이 쏟아졌다.
곁에 선 가족들 역시
말없이 흐느끼고 있었다.

지도사님은
"마지막 인사를 해주세요."
라고 말씀하셨고,
가족들은 각자의 마음을 조심스레 꺼냈다.
셋째 할머니는
왕할매를 부둥켜안으며 말했다.
"사랑해요 어머니, 옷 이쁜 거 입었네~"

나는 울먹이며
"키워주셔서 고맙습니다."라고 말했다.

작은고모는 눈물에 가득 차
목소리를 떨며 용서를 구했다.
"요양 병원 자주 못 가서 미안해요…
혹시나 나를 알아보면,
그냥 못 돌아설 것 같아서 그랬어요.
…용서해 주세요."
그 말 한마디가 얼마나 힘든지 잘 알기에 나는 더욱
마음이 아팠다.

늘 강하던 우리 할머니는,
끝내 참지 못한 눈물 속에
마지막 마음을 전했다.
"어머니… 끝까지 모시지 못해서 미안하여요…"

마지막 인사가 끝난 후 가족들은,
한동안 누구도 입을 열지 못했다.
각자의 마음을 나누며 흘리는 눈물만이

빈 공간을 가득 채웠다.


그날은, 내 생애 가장 많이 울었던 날로 남았다.
지금도 그 순간을 떠올리면 눈시울이 붉어진다.


입관을 마치고 나오자,
장례지도사님이 조용히 내게 말했다.
"지금 제대로 울지 않으면
시간이 지난 후에 더 후회할 거예요."


경험에서 우러나온 그 말에,
간신히 참아냈던 감정이 또다시 터졌다.
나는 눈물을 흘리며 감사 인사를 전했다.


각자의 자리를 잡고
잠시 고요한 숨을 내쉬는 우리에게
다가온 장례지도사님은 조심스레 이야기를 꺼냈다.
"이제부터가 진짜 장례의 시작입니다.
그 전에 가족들끼리 서로 안아주세요.
고생하셨다고, 고맙다고."

그 한마디에
가족들은 눈물을 흘리며 서로를 꼭 안았다.
각자의 어깨에 기대며
그동안 말하지 못한 것들을 말없이 나누는 듯했다.
아무 말도 하지 않아도
서로의 슬픔과 고마움을 온전히 느낄 수 있었다.

저녁이 되자
1일 차보다 더 많은 사람들이 찾아왔다.
빈소는 북적였고,
정신없이 인사를 나누느라
자리에 앉을 틈조차 없었다.

그 모습을 보며 나는 생각했다.
'우리 왕할매 좋아하시겠네…
자손들이 이렇게 잘 살아서,
이렇게 많은 분들이 찾아주셨네…'

대부분의 조문객이 돌아간 뒤,
막내 할아버지가 맥주 한 잔을 들고 말했다.

"이제 우리도 점점 핵가족이 될 거야.
명절에 한자리에 모이기도 어려워질 거고…
누군가는 기준을 잡고 가까이 지내자고 말해야 해."

그 말이, 마음을 울렸다.
어릴 적 늘 북적였던 가족의 기억이
점점 '추억'이 되어가고 있다는 생각에
허전함이 밀려왔다.

그리고 그 말엔,
'시간이 흐르면 가족도 사라진다'는
침묵의 메시지가 담겨 있었다.

그렇게,
정신없던 2일 차 일정도 끝이 났다.

## · 102년의 이야기, 이제는 기억으로

정신없는 1~2일 차를 보내고,
드디어 마지막 날이 되었다.

이른 아침,
가족들이 하나둘 빈소로 모여들었고
나는 할머니, 할아버지를 모시고
장례식장으로 향했다.

상조에서 준비한 운구 차량은
고인을 위한 리무진 한 대,
가족들을 위한 45인승 버스 한 대.

나는 영정 사진을 들고 리무진 앞자리에 앉았고,
뒷좌석엔 왕할매와 평생을 함께한
할머니, 할아버지가 나란히 앉아 계셨다.
왕할매는 그렇게,
가족들과 마지막 길을 함께하고 계셨다.

이날, 오랜만에 모든 가족이 한자리에 모였다.
일부는 자차로, 대부분은 버스를 타고 이동했지만,
그 모습은 어린 시절 우리 가족이 함께했던 기억을
떠올리게 했다.

화장터에 도착하자
접수를 마치고 대기 시간을 보냈다.

1시간 뒤, 드디어 왕할매 차례가 되었다.
하얀 장갑을 낀 아버지와 삼촌들이
왕할매의 마지막 길을 함께했다.

그렇게 모든 것이 끝나는 줄 알았지만
화장을 앞두고 마지막 인사가 남아 있었다.
장례지도사님은 소파가 있는 좁은 공간으로
우리를 안내했다.

자연으로 돌아가려던 왕할매는
우리 앞에 잠시 멈춰 서서,
소리 없는 마지막 인사를 건넨 뒤

그 간의 긴 여정을 마치기 위해
따스한 곳으로 향하셨다.


그 순간,
입관식에 버금가게 펑펑 울었다.
'정말 이별이구나.'
그제야 실감이 났다.


이전엔 몰랐다.
이별이 이렇게도 선명하고, 차가운 것일 줄은.


30분이면 끝날 줄 알았던
화장은 예상보다 오래 걸렸다.
대부분 1시간이 넘고,
길게는 1시간 반도 더 소요되었다.
그 시간 동안 우리는
조용히 인근에서 점심을 먹으며,
잠시라도 마음을 추스르려 애썼다.

마침내 화장이 끝나고 유골함이 전달되었다.
왕할매의 따뜻했던 손길,
생전의 온기가 아직 선명한데,
이제는 단 하나의 유골함만이 남았다.

한 사람의 삶이
이렇게 단숨에 작아질 수 있다는 사실에
허탈함과 깊은 공허함이 밀려왔다.
마음속에서 무엇인가 사라지는 듯한 느낌에
잠시 멈춰 서 있었다.

우리는 모든 것이 멀게만 느껴지던
그 짧은 순간을 뒤로한 채,
봉안당으로 향하는 버스에 올랐다.

버스가 조용히 움직이기 시작했다.
아무도 말이 없었다.
흰빛만 가득한 창밖을
누구도 똑바로 바라보지 못했다.

봉안당에 도착한 우리는
그녀를 자연으로 돌려보낼 준비를 했다.
그녀의 새로운 집에는 작은 술상과 가족사진,
생전에 좋아하셨던 화투도 함께 넣었다.
심심하지 않게, 외롭지 않게.

생전 왕할매는 저녁을 먹고
나와 함께 민화투를 치는 것을 좋아하셨다.
늘 손에 익은 패를 들고 능숙하게 돌리셨지만,
나에게는 일부러 져 주셨던 것 같다.
"어디 유치원생이 대학생을 이기려고 들어~"
그렇게 말하면서도
내가 이기면 누구보다 크게 웃으셨다.

마지막으로 이긴 사람이 누구였는지 희미하지만,
그 미소는 이제 기억 속에만 남았지만,
여전히 내 마음속에서 환하게 빛난다.

모든 절차를 마치고 집에 돌아왔을 때는
저녁 8시를 조금 넘긴 시각이었다.

집에 도착해서 확인해 본 핸드폰에는
막내 고모에게서 사진과 영상이 도착해 있었다.
왕할매의 모습을 담은 소중한 기록들.

영상 속 그녀는
창밖으로 손을 흔들며 웃고 있었다.
마치 학교 끝나고 골목에서 마주쳤을 때처럼,
익숙하고 따뜻한 장면이었다.

인생을 살며 처음으로
내 가족의 장례를 치르고 난 뒤,
나는 '가족'이라는 존재를 다시 생각하게 되었다.
새로운 생명을 볼 땐 느끼지 못했던 감정들이
이별의 순간에야 비로소 밀려왔다.

왕할매가 떠난 후에야,
너무도 당연했던 가족의 존재가
얼마나 소중한 것이었는지 깨달았다.

돌아보면 정말 많은 분들이 조문을 오셨다.
심지어 얼굴도 모르는 친척의 손주가
집안을 대표해 찾아온 경우도 있었다.
그분들은 모두 그녀와
크고 작은 인연을 맺어온 사람들이었다.

이 모든 인연이
왕할매 한 사람으로부터 시작되었다고 생각하니,
가슴이 뭉클해졌다.
그리고 이런 인연들을 만들어주신 그녀에게,
마지막까지도 고마운 마음뿐이었다.

1920년대에 태어나 한 세기를 살아온 한 사람과
30년을 함께했다는 사실은,
마치 역사책 속 인물과 함께 살아온 듯한 느낌을 주었다.
보통의 사람들은 알지 못할 그 깊은 시간을 나는 경험했다.

왕할매는 떠났지만,
그 떠남이 오히려 가족이란 무엇인지,
그리고 함께하는 시간이
얼마나 소중한지를 깨닫게 해주었다.

이제 그 가르침을 가슴에 새기고,
남은 시간을 더 소중히 여길 것이다.

그 시간이 더 이상 늘어나지 않음을 알기에,
매 순간을 더욱 간직하려 한다.

## · 빠른 등기로 부탁드립니다

이번 에피소드는 조금 특별한 방식으로 써보려고 한다.
어린 시절의 마음으로, 그때처럼 솔직하게.
순수한 아이의 시선으로,
하늘의 별이 된 셋째 할머니께 편지를 띄워본다.

TO. 사랑하는 3번 할머니

안녕하세요 셋째 할머니, 접니다.
잘 지내시죠?

편지를 쓴다는 건 참 어색한 일입니다.
누구에게든, 어떤 상황이든.
하지만 오늘은 꼭 써야만 했습니다.
할머니께 배운 것들이 너무 많아서,
제 인생에서 할머니를 빼놓고는 이야기를 이어갈 수
없으니까요.

할머니 장례식, 기억하시죠?

정말 많은 분들이 오셨어요.

교회에서 함께하던 분들, 양가 친척들,

참 셋째 할머니다운, 시끌벅적한 장례식이었습니다.

사람들이 인사를 드릴 때,

할머니는 어떤 표정으로 보고 계셨을까 궁금했어요.

아마 사진처럼 웃고 계셨겠죠?


할머니가 떠난 후,

그 어느 때보다 더 크게 다가오는 감정이 있습니다.

바로 '사랑'입니다.


어릴 적엔 그저 받기만 했던 그 마음이,

할머니를 통해,

얼마나 깊고 넓은 것인지를 알게 되었어요.

작은 손짓 하나, 따뜻한 눈빛 하나에도

사랑이 묻어나셨던 분.


사랑이라는 감정이 한 사람의 모습으로 태어난다면

그건 아마도, 할머니셨을 거예요.

할머니가 주신 용돈, 명절 때 해주신 음식,
어린 저를 안아주시던 그 품.
덕분에 씩씩하고 건강하게,
그리고 제법 바르게 자란 것 같습니다.
그 은혜, 잊지 않고 3번 집안 동생들에게도
잘 나누며 살겠습니다.

삼촌과 고모를 낳아주셔서 감사합니다.
두 분 모두, 할머니께 배운 사랑으로
각자의 가정을 따뜻하게 가꾸어가고 있어요.
그 모습을 볼 때마다, 늘 할머니가 떠오릅니다.

아, 그리고 걱정 많으셨던 사촌 동생들.
할머니 안 계셔도, 씩씩하게 잘 지내고 있습니다.
큰동생은 군 복무 중이었지만,
할머니 소식을 듣고 한걸음에 달려왔고,
상주의 자리를 묵묵히 잘 지켜주었어요.
참 기특하더라고요.

나머지 동생들도 조문객 응대며 신발 정리며,
자기 몫을 톡톡히 해냈습니다.
이번 명절에 만나 보니,
조금 더 의젓해진 모습이 보였습니다.

그리고 우리 할머니가,
셋째 할머니 많이 보고 싶어 하세요.
장례식 날, 사진을 보며
"미안하네, 나 아직은 못 가네..."
하셨던 말씀, 다 들으셨죠?

모든 가족들에게 친절하셨지만,
우리 할머니에게 유독 살갑게 대해 주시고,
많이 안아주셔서 그럴까요?

한평생을 힘들게 살아오신 우리 할머니에게
동서를 넘어 친구로, 동생으로,
나아가 잊지 못할 인연으로 남아주셔서
정말 감사합니다.

아마도 할머니가 가장 궁금해하실 분은
셋째 할아버지겠죠?
솔직히 말씀드리면 괜찮은 척하지만,
여전히 많이 힘들어하세요.

요즘은 밤이 깊어질수록 더 외로우신 것 같아요.
그래서 말인데, 혹시 바쁘시더라도
할아버지 꿈에 한 번쯤은 들러주세요.
아마 그 하루는 덜 쓸쓸하지 않을까 싶습니다.
늘 꿈에서 만나기를 기다리며 잠드시는 것 같아요.

할머니께서 가장 잘 아시겠지만
매사에 긍정적인 분인데 많이 슬퍼하십니다.
가게도 정리하셨고, 차도 팔고,
이제는 시골로 내려가셨다고 들었습니다.
그 밝던 분이, 요즘은 많이 조용해지셨어요.
가능하다면, 일주일에 한 번.
그 정도만이라도 꿈에 들러주세요.

그리고 제 꿈에도 한 번 와주세요.

전화 자주 드리던 그 시절이 그립습니다.

할머니표 농담도, 따뜻한 품도.

꿈에서라도 예전처럼 저를 안아주시며

"잘 지냈니?"

하고 웃어주세요.


여전히 왕할매랑 잘 지내시나요?

예전처럼 민화투 치고 계세요?

과일도 함께 드시고,

웃음소리 넘치는 그곳이길 바랍니다.


마지막으로 할머니,

그곳에서는 부디

아프지 말고, 편안히 지내세요

제발, 제발, 아프지 마세요.

사랑해요 할머니.


FROM. 1번 집안 큰손주

## Epilogue

## · 너무 이른 배움, 너무 늦은 깨달음

이번 연휴,
가족들이 한자리에 모인 자리에서
예상치 못한 대화를 주고받았다.
평범한 식사 자리였지만,
이야기는 생각보다 깊은 곳으로 흘러갔다.

시작은 최근 변화된 결혼 문화에 대한 이야기였다.
결혼식의 규모, 방식,
그리고 다양한 트렌드에 관해 이야기하던 중,
자연스럽게 내 결혼 이야기도 언급되었다.
잔소리를 예감한 나는 슬쩍 대화에서 빠져나왔다.

그런데 대화는 어느새,
결혼식과 장례식을 나란히 두고 비교하는 이야기가
오갔다.
축복의 순간과 이별의 순간이 나란히 놓이자,
우리는 문득 이런 질문 앞에 서게 되었다.

'죽음을 너무 일찍 아는 게 좋은 걸까?'

그 물음은 단순한 호기심을 넘어서
삶을 어떻게 살아야 하는가에 대한 이야기로 이어졌다.
대화는 점점 깊어졌고,
나도 어느새 다시 그 흐름 속에 들어가 있었다.

그때, 친척 중 한 분이 나를 향해 말했다.
"너는 너무 일찍 죽음을 경험했어.
다 때가 있는 건데, 너는 너무 일찍 배워버렸구나."

그분은 말했다.
죽음처럼 부정적인 것들은
될 수 있으면 천천히 마주하는 게 좋다고.
물론 걱정 없이 살 수는 없지만,
죽음을 일찍 알게 되면
그만큼 오래, 깊게 고민하게 된다면서.

결국 죽음은 내 힘으로 어찌할 수 없는 일이지만,
너무 이른 시기에 알게 되면

그 무게가 마음 깊이 내려앉을 수 있다는 뜻이었다.

나는 조심스럽게 반박했다.
죽음을 일찍 배운 덕분에
조금 더 빠르게 성장할 수 있었다고.

그러자 그분은 자신의 이야기를 들려주셨다.

"나는 서른이 훌쩍 지나서야
처음으로 가족의 장례를 겪었어.
그전엔 장례식장 근처에도 가지 않았지.
사람들이 아파하는 모습을 보고 싶지 않았거든.

물론 누구나 꽃길만 걷는 건 아니지만
그저 내 인생은 좋은 순간들로만 채워지길 바랐어.

하지만 가족의 죽음은 피할 수 없더라.
결국, 마주하게 되었지.
막상 겪어보니 생각보다 담담했어.

하지만 그때 처음 알았어.
내 가족이 오늘, 내일, 언제든 떠날 수 있다는걸.

그리고 그때부터였어.
죽음이 현실처럼 가깝게 느껴지기 시작한 건.
그래서 너는, 나보다 조금 늦게 알았으면 했어.
이미, 나보다 훨씬 먼저 알아버렸지만"

그 말을 듣는 순간,
무거운 돌 하나가
가슴에 '툭'하고 내려앉는 느낌이었다.
무심히 지나쳤던 진실이 눈앞에 또렷이 떠올랐다.

내가 나를 키워주신 분들을 바라볼 때마다
이유 없이 불안해졌던 감정.
그 감정의 실체가 무엇인지
그제야 선명하게 이해되었다.

그분의 말은 틀리지 않았다.
나도 안다.

죽음은 결국 자연스러운 일이고,
아무리 준비해도 결국에는 부족하게 남는다는 걸.

하지만,
'그 생각을 처음 하게 된 시기'에 대해서는
그동안 단 한 번도 제대로 돌아본 적이 없었다.

멍하니 앉아 있는 나를 향해
그분은 따뜻한 미소를 건넸다.
"새해 복 많이 받아."
형식적인 덕담이 아니었다.
그건 진심이었다.

"죽음을 너무 일찍 배워버린 건 안타깝지만,
다른 것들은 천천히 배웠으면 좋겠어.
고민의 무게도, 인생의 그늘도
가능하면 천천히 다가오길 바라.
충분히, 그리고 많이 행복하길.
넌 그럴 자격이 있어."

그분의 말은
단순한 덕담을 넘어서
내 마음속 깊은 곳까지 울려 퍼졌다.

나는 충분히, 그리고 많이
행복할 수 있을까?
처음으로 그 가능성을
천천히 곱씹어 보았다.

어쩌면,
그분의 말처럼
서둘러 배우지 않아도 괜찮을지 모르겠다.

## · 마지막 여행의 가이드

지금까지 내가 쓴 이야기들은
철저하게 나의 시선에서 바라본 죽음이었다.
그저 한 사람의 경험으로,
내가 보고 듣고 느낀 죽음의 순간들을
담아낸 이야기였다.

그러던 중 문득,
장례지도사의 시선에서는
죽음이 어떻게 보일지 궁금해졌다.
수많은 이별을 옆에서 지켜보는 사람,
죽음을 매일 맞이하는 그들의 눈에는,
과연 무엇이 남을까.

특히 가족이나 지인이 아닌,
전혀 연고 없는 이의 마지막을 함께한다는 점에서
그들의 시선은 죽음을 기록하는 나에게,
언젠가 반드시 마주해야 할 과제처럼 느껴졌다.

그들의 시선을 내 글에 담아낼 수 있다면,
이 글을 읽는 이들에게도
더 깊은 울림을 전할 수 있을 것 같았다.

감사하게도 지인의 소개로
현직 장례지도사로 일하고 계신 분을 알게 되었다.
나와 직접적인 연이 있는 분은 아니었지만,
조심스레 현재 쓰고 있는 글에 대해 설명하고
혹시 실례가 되지 않는다면
몇 가지 이야기를 들려주실 수 있는지 여쭤보았다.

쉽지 않은 부탁이라는 걸 알기에,
거절하셔도 전혀 서운하지 않을 마음으로
조심스럽게 다가갔지만
내 걱정과는 달리, 그분은 따뜻하게 답해주셨다.
"부족할 수 있지만,
도움이 된다면 얼마든지 써도 됩니다."

나는 크게 두 가지가 궁금했다.
나 같은 일반인도 장례식을 통해

삶에 대해 배우는 것이 많은데,
장례지도사로 일하다 보면
느끼는 것들이 얼마나 깊고 클지,
그리고 그런 삶을 사는 그분이
'죽음'이라는 것을 어떤 의미로 받아들이고 있는지.

그래서 첫 번째 질문은,
조금 조심스러운 마음으로 이렇게 시작했다.

"업무적으로 죽음을 마주하는 입장에서,
죽음이란 어떤 의미일까요?"

그분은 잠시 생각하더니 짧게 대답하셨다.

"보고 싶을 때 보지 못하는 것이 가장 큰 것 같아요"

처음엔 조금 추상적인 표현처럼 들렸지만,
곧바로 그 말의 무게가 가슴에 닿았다.

'죽음'이란 결국,

'보고 싶어도, 이제는 더 이상 볼 수 없는 상태'라는 것.

가끔 떠나간 이들을 생각할 때면

그들이 멀리 떠나 있는 것처럼 느껴질 때가 있다.

아직 어딘가에 계신 것만 같고,

문득 다시 만날 수 있을 것만 같다.

하지만 아니다.

보고 싶다고 해서 다시 볼 수는 없다.

그것이, 죽음이다.

그 말을 들은 순간,

가슴 한 켠에서 뭔가 조용히 내려앉았다.

마치 오래된 풍경 하나가,

느리게 눈앞에 펼쳐지는 듯했다.

죽음은 더 이상, 나와는 먼 이야기처럼 느껴지지 않았다.

나는 이어서, 조금 더 개인적인 질문을 건넸다.

"혹시 이 글을 읽는 사람들에게
죽음에 대해 해주시고 싶은 말씀이 있으신가요?"
그분은 짧은 편지처럼, 이렇게 답해주셨다.
"죽음은 늘 가까이에 있습니다.
하지만 사람들은 자각하지 못하고 살아갑니다.
'아마 나는 아닐 거야, 우리는 아닐 거야'
그런 마음으로 그렇게 살아가고 있는 것 같습니다.
그러나 현실은 그렇지 않습니다.
그러니 마음 한 켠으로는,
죽음을 생각하면서 살아보는 것도,
나쁘지 않다고 생각합니다.
그렇게 하루하루를 살아가다 보면,
세상이 조금은 다르게 보이기 시작할 수도 있습니다."
삶과 죽음의 경계에 있는 분의 말이라 그런지,
이 짧은 문장이 더 깊고 진하게 다가왔다.

죽음을 자주 떠올리라는 말이
불행에 대비하라는 뜻은 아닐 것이다.
오히려, 끝이 정해지지 않은 여정을
더 진실하게 살아가려는 태도에 가깝지는 않을까.

물론, 정해진 정답은 없다.

하지만 이 짧은 글을 읽는 누군가도
오늘 하루만큼은 죽음에 대해,
그리고 그로 인해 더 선명해지는 삶에 대해
잠시라도 생각해 보았으면 좋겠다.

어쩌면,
그 '한 번의 생각'이
우리 삶을,
조금 더 깊고 단단하게 만들어줄지도 모르니까.

## · 기억하는 사람들, 기억되는 사람들

지금까지 전한 이야기들은
내가 살아오며 경험한 것 중 극히 일부에 불과하다.

겪었던 모든 일화를 다 담기엔 현실적인 제약이 많았다.
10년 만에 연락 와서
가볍게 부조만 하고 넘긴 경우도 있고,
과묵한 친구가 상을 당해
"너무 힘드니 잠깐만 와줄 수 있냐"고
부탁한 적도 있었다.

그리고 이곳에 적기엔 다소 자극적인 내용들도 있다.
그중 적절한 이야기들을 골라 담다 보니,
이 글이 완성되었다.

예전의 나는 장례식에 갈 때마다
무겁고 적응하기 어려운 공기 속에
갇힌 듯한 기분을 느꼈다.

우울하고 엄숙한 분위기 속에서 마주한
그곳의 감정들은 먹먹함과 비통함,
그리고 말로 설명하기 어려운 무게로 다가왔다.

하지만 시간이 흐르며,
그 감정들이 단순히 피해야 할 것이 아니라,
삶을 깊이 이해할 수 있는 기회임을 알게 되었다.
죽음을 누구에게나 찾아오는 것이고,
우리는 모두 유한한 존재임을
조금씩 받아들이게 되었다.

그렇게 쌓인 경험은
나를 고인을 진심으로 애도할 수 있는
사람으로 성장시켰다.

이제 장례식은 더 이상
나에게 두렵고 피하고 싶은 자리가 아니다.
오히려 죽음을 통해 삶을 돌아보게 하는,
소중한 시간이자 허락받은 순간처럼 느껴진다.
처음에는 분명 힘들었지만,

이제는 그 모든 순간들을 받아들이기로 했다.
지금도 장례식에 편안한 마음으로 갈 수는 없지만,
그 시간들이 내게 많은 것을 가르쳐 주었음에 감사한다.

애도란 단지 죽음을 슬퍼하는 감정을 넘어,
그에 대한 태도와 문화를 담고 있다.

나는 각자의 방식으로 최선을 다해 애도를 표하는
우리의 모습을 보며 깊은 감동을 느끼곤 한다.
관계의 깊이와 상관없이 고인을 향한
마지막 예를 다하는 모습은 언제나 인상 깊다.

물론, 사랑하는 이의 죽음을
기꺼이 마주하고 싶은 사람은 없다.
하지만 삶의 끝자락에서 곁을 지킬 수 있다는 것,
짧지만 진심이 스며드는 그 시간이
얼마나 깊고 귀한 의미인지, 새삼 마음에 맺힌다.

고인의 입장에서 생각해봐도
삶의 순간마다 함께했던 이들이

마지막 인사를 건넨다면,

그것은 긴 여행을 떠나기 전

따뜻한 배웅처럼 느껴지지 않을까.


이 글을 읽는 당신도,

언젠가 마주할 이별 앞에서

한층 더 깊고 따뜻한 애도를 전할 수 있기를 바란다.


그리고 스스로에게 질문을 던져보았으면 좋겠다.


주변 사람들의 죽음과 장례식을

나는 어떤 태도로 대하고 있는지.

그들과 어떤 관계였고, 어떤 추억을 공유했으며,

전하고 싶은 마지막 말은 무엇인지.


이 질문들이

삶을 돌아보는 계기가 되길 바란다.

우리는 모두 각자의 시간을 살고 있지만,

그 끝은 누구에게나 동일하니까.

세상을 떠난 이를 기릴 때,
무엇보다 중요한 것은
그들을 진심으로 기억하는 일이다.
시간이 지나도 마음을 다해 그들을 떠올릴 수 있다면,
애도의 의미는 더욱 깊어진다.

잊지 말자.
먼저 떠난 이들과
우리의 인생은 언제든 마지막이 될 수 있다는 것을.

죽음이 삶의 끝이라면,
기억은 그 삶이 남긴 마지막 흔적일 것이다.

부디,
이 글이 당신의 삶을 돌아보는 계기가 되었길 바란다.
그리고 남겨질 누군가에게, 따뜻한 기억으로 남기를.

## N번째 장례식

초판 1쇄 인쇄 2025년 06월 02일
초판 1쇄 발행 2025년 06월 02일

지은이    주장훈

디자인    포레스트 웨일
펴낸이    포레스트 웨일
펴낸곳    포레스트 웨일
출판등록  제2021 - 000014 호
주소      충청남도 아산시 탕정면 용머리길 40 유니콘101 216호
전자우편  forestwhalepublish@naver.com

종이책    979-11-94741-19-0

작가님들과 함께 성장하는 출판사
포레스트 웨일입니다.
작가님들의 소중한 원고를 받고 있습니다.
forestwhalepublish@naver.com